崇文館

U0812872

崇文国学经典普及文库
CHONGWEN GUOXUE JINGDIAN PUJI WENKU

智　囊

（明）冯梦龙 编撰　邓林 译

長江出版傳媒 | 崇文书局

图书在版编目（CIP）数据
智囊/(明)冯梦龙编撰；邓林译.—2版.—武汉：
崇文书局，2015.6 (2017.5重印)
（崇文国学经典普及文库）
ISBN 978-7-5403-3901-2

Ⅰ.①智… Ⅱ.①冯… ②邓… Ⅲ.①笔记小说－中国－明代
②《智囊》－译文 Ⅳ.①I242.1

中国版本图书馆CIP数据核字（2015）第111047号

长江出版传媒 Changjiang Publishing & Media | 崇文书局 Chongwen Publishing House
出品人：潘启胜

※

统　　筹：陈中琼
责任编辑：胡　英
出版发行：武汉市雄楚大街268号·湖北出版文化城主楼C座11层
营销：027-87293001　传真：027-87679712
印　　刷：咸宁市国宾印务有限公司
开　　本：710×1000　1/16
印　　张：14.5　　字　　数：160千字
版　　次：2015年6月第2版
印　　次：2017年5月第5次印刷
定　　价：26.00元

现代意义的“国学”概念，是在19世纪西学东渐的背景下，为了保存和弘扬中国优秀传统文化而提出来的。1935年，王缁尘在世界书局出版了《国学讲话》一书，第3页有这样一段说明：“庚子义和团一役以后，西洋势力益膨胀于中国，士人之研究西学者日益众，翻译西书者亦日益多，而哲学、伦理、政治诸说，皆异于旧有之学术。于是概称此种书籍曰‘新学’，而称固有之学术曰‘旧学’矣。另一方面，不屑以旧学之名称我固有之学术，于是有发行杂志，名之曰《国粹学报》，以与西来之学术相抗。‘国粹’之名随之而起。继则有识之士，以为中国固有之学术，未必尽为精粹也，于是将‘保存国粹’之称，改为‘整理国故’，研究此项学术者称为‘国故学’……”从“旧学”到“国故学”，再到“国学”，名称的改变意味着褒贬的不同，反映出身处内忧外患之中的近代诸多有识之士对中国优秀传统文化失落的忧思和希望民族振兴的宏大志愿。

从学术的角度看，国学的文献载体是经、史、子、集。崇文书局的这一套国学经典普及文库，就是从传统的经、史、子、集中精选出来的。属于经部的，如《诗经》《论语》《孟子》《周易》《大学》《中庸》《左传》；属于史部的，如《战国策》《史记》《三国志》《贞观政要》《资治通鉴》；属于子部的，如《道德经》《庄子》《孙子兵法》《鬼谷子》《世说新语》《颜氏家训》《容斋随笔》《本草纲目》《阅微草堂笔记》；属于集部的，如《楚辞》《唐诗三百首》《豪放词》《婉约词》《宋词三百首》《千家诗》《元曲三百首》《随园诗话》。这套书内容丰富，而分量适中。一个希望对中国优秀传统文化有所了解的人，读了这些书，一般说来，犯常识性错误的可能性就很小了。

崇文书局之所以出版这套国学经典普及文库，不只是为了普及国学常识，更重要的目的是，希望有助于国民素质的提高。在国学教育中，有一种倾向需要警惕，即把中国优秀的传统文化"博物馆化"。"博物馆化"是20世纪中叶美国学者列文森在《儒教中国及其现代命运》中提出的一个术语。列文森认为，中国传统文化在很多方面已经被博物馆化了。虽然中国传统的经典依然有人阅读，但这已不属于他们了。"不属于他们"的意思是说，这些东西没有生命力，在社会上没有起到提升我们生活品格的作用。很多人阅读古代经典，就像参观埃及文物一样。考古发掘出来的珍贵文物，和我们的生命没有多大的关系，和我们的生活没有多大关系，这就叫作博物馆化。"博物馆化"的国学经典是没有现实生命力的。要让国学经典恢复生命力，有效的方法是使之成为生活的一部分。崇文书局之所以强调普及，深意在此，期待读者在阅读这些经典时，努力用经典来指导自己的内外生活，努力做一个有高尚的人格境界的人。

国学经典的普及，既是当下国民教育的需要，也是中华民族健康发展的需要。章太炎曾指出，了解本民族文化的过程就是一个接受爱国主义教育的过程："仆以为民族主义如稼穑然，要以史籍所载人物制度、地理风俗之类为之灌溉，则蔚然以兴矣。不然，徒知主义之可贵，而不知民族之可爱，吾恐其渐就萎黄也。"(《答铁铮》)优秀的传统文化中，那些与维护民族的生存、发展和社会进步密切相关的思想、感情，构成了一个民族的核心价值观。我们经常表彰"中国的脊梁"，一个毋庸置疑的事实是，近代以前，"中国的脊梁"都是在传统的国学经典的熏陶下成长起来的。所以，读崇文书局的这一套国学经典普及读本，虽然不必正襟危坐，也不必总是花大块的时间，更不必像备考那样一字一句锱铢必较，但保持一种敬重的心态是完全必要的。

期待读者诸君喜欢这套书，期待读者诸君与这套书成为形影相随的朋友。

陈文新

（教育部长江学者特聘教授，武汉大学杰出教授）

前言

《智囊》是明代大文学家冯梦龙编撰的一部著名类书，收入古人智慧、技巧等故事一千余则，取材广博，遍及明代以前史籍、文集、笔记、传说等。依据内容分十部二十八类，上自治国用兵之术，下至平民百姓生活技巧、市井小智，无所不包，且格调品位较高，今天读来，不仅趣味横生，亦能启迪智慧，甚至发人深省。

冯梦龙（1574—1646），字犹龙，别署龙子犹、顾曲散人、墨憨斋主人等，长洲（今江苏苏州）人。曾任寿宁知县，一生主要从事小说、戏曲等通俗文学的创作与整理。他辑录的《喻世明言》《警世通言》《醒世恒言》（世称

“三言”)在古代文学史上占有重要地位。《智囊》的编撰也是其主要成就之一，该书始刊于明天启六年(1626年)，之后陆续增补，最终以《智囊补》名目刊行，在民间广为流传，甚至远播海外。

此次编选的这个本子，系从《智囊补》近两千则故事中精选百余则，并配以白话译文，对于当今读者学习借鉴古人的智慧经验，更好地完善自我具有实际帮助作用。编译不当之处，敬祈方家指正。

contents

目录

目录

太公　孔子

【原文】

太公望封于齐。齐有华士者，义不臣天子，不友诸侯，人称其贤。太公使人召之三，不至，命诛之。周公曰："此齐之高士，奈何诛之？"太公曰："夫不臣天子，不友诸侯，望犹得臣而友之乎？望不得臣而友之，是弃民也；召之三不至，是逆民也。而旌之以为教首，使一国效之，望谁与为君乎？"

【评】齐所以无惰民，所以终不为弱国。韩非《五蠹》之论本此。

少正卯与孔子同时。孔子之门人三盈三虚。孔子为大司寇，戮之于两观之下。子贡进曰："夫少正卯，鲁之闻人。夫子诛之，得无失乎？"孔子曰："人有恶者五，而盗窃不与焉：一曰心达而险，二曰行僻而坚，三曰言伪而辩，四曰记丑而博，五曰顺非而泽。此五者，有一于人，则不免于君子之诛，而少正卯兼之。此小人之桀雄也，不可以不诛也。”

【评】小人无过人之才，则不足以乱国。然使小人有才，而肯受君子之驾驭，则又未尝无济于国，而君子亦必不概摈之矣。少正卯能煽惑孔门之弟子，直欲掩孔子而上之，可与同朝共事乎？孔子狠下手，不但为一时辩言乱政故，盖为后世以学术杀人者立防。华士虚名而无用，少正卯似大有用而实不可用。壬人佥士，凡明主能诛之；闻人高士，非大圣人不知其当诛也。唐萧瑶好奉佛，太宗令出家。玄宗开元六年，河南参军郑铣、朱阳丞郭仙舟投匭献诗。敕曰：“观其文理，乃崇道教，于时用不切事情，宜各从所好。”罢官，度为道士。此等作用，亦与圣人暗合。如使佞佛者尽令出家，谄道者即为道士，则士大夫攻乎异端者息矣。

【译文】

太公望被周天子封在齐国。齐国有个名叫华士的人，他主张既不向周天子称臣，也不与诸侯国君交往，许多人都称他是贤士。太公望三次派人征召他，他都不来，于是下令将他杀了。周公说：“这是齐国的高士，怎么把他杀了呢？”太公望说：“他既不向天子称臣，又不与诸侯交往，我还能使他向我称臣并与我交往吗？我得不到他做臣子和朋友，这是我遗弃了士民；召了他三次他都不来，这是个心存叛逆的人。如果表彰他并把他推崇为教化的榜样，让全国人仿效他，那么我还能同谁一道来治理齐国呢？”

【评】正因为这样，齐国所以才没有懒惰散漫的人民，所以才没有成为弱国。韩非子《五蠹》的论说也正来源于此。

鲁国大夫少正卯与孔子是同时代人。孔子讲学时，学生几次满堂，又数度离开学堂，跑去听少正卯讲学了。孔子担任鲁国大司寇后，立即将少正卯在宫门之前处以死刑。子贡问孔子：“少正卯是鲁国有名望的人，您把他杀了，不是失误吗？”孔子说：“人有五种罪恶的行为，盗窃的人不算在内：一是思想明白通晓而邪恶不正，二是行为不正而且固执，三是言论错误而又说得头头是道，四是专门记诵一些丑恶的东西而且十分广博，五是专门赞同错误的言行而且加以润饰。这五种罪恶行为，人只要具有其中一种，就免不了要遭到君子的诛杀，而少正卯则全都具备了。这是小人中的雄杰，是不能不诛杀的。”

【评】小人没有过人的才能，那是不足以扰乱国家的。然而假使小人有才能，又肯受君子的驾驭，那也未尝对国家不利，而君子也必定不会一概摈弃。少正卯能煽动迷惑孔门的弟子，眼看着就要盖过孔子居于其上了，这样的人能容忍他同朝共事吗？孔子对他狠狠下手，不只因为他用诡辩的语

言扰乱了国政，大概还在于为后世提供防范这种以学术的幌子来毒害人的恶人的对策。华士有虚名而无实用，少正卯似大有用而实际不可用。奸佞之徒，凡是贤明的君主都知道去诛杀；而口蜜腹剑的名人高士，则只有大圣人才知道他应当诛杀。唐代萧瑶崇奉佛教，唐太宗命他出家去做和尚。唐玄宗开元六年，河南参军郑铣、朱阳丞郭仙舟向朝廷投献诗文，玄宗看过后，传旨说："看他们诗文中的意思是崇奉道教，于时政没有实际意义。既是这样，那就遵从他们本人的喜好吧！"于是将他们罢官，让他们出家做道士去了。这种处置，也与圣人的做法切合。如果使崇奉佛教的人全都出家做和尚，崇奉道教的全都做道士，那么士大夫中的异端邪说就止息了。

诸葛亮

【原文】

有言诸葛丞相惜赦者，亮答曰："治世以大德，不以小惠，故匡衡、吴汉不愿为赦。先帝亦言：'吾周旋陈元方、郑康成间，每见启告，治乱之道悉矣，曾不及赦也。'若刘景升父子，岁岁赦宥，何益于治乎？"及费祎为政，始事姑息，蜀遂以削。

【评】子产谓子太叔曰："唯有德者，能以宽服民；其次莫如猛。夫火烈，民望而畏之，故鲜死焉。水懦弱，民狎而玩之，则多死焉。故宽难。"太叔为政，不忍猛而宽。于是郑国多盗，太叔悔之。仲尼曰："政宽则民慢，慢则纠之以猛；猛则民残，残则施之以宽。宽以济猛，猛以济宽，政是以和。"商君刑及弃灰，过于猛者也。梁武见死刑辄涕泣而纵之，过于宽者也。《论语》赦小过，《春秋》讥肆大眚，合之，得政之和矣。

【译文】

有人说蜀国丞相诸葛亮很少颁布赦令，诸葛亮回答道："治理国家，重在宏观和大局上去关怀百姓，而不在于对百姓施舍小恩小惠。因此，匡衡、吴汉在辅佐朝政时，不主张颁发赦令。先帝也曾说：'我过去经常与当时的名流陈纪（字元方）、郑玄（字康成）等相交往，询问一些治国方略，也从未涉及赦令之事。'像荆州的刘表父子，他们治理荆州，几乎年年都要颁发赦令，于政事又有什么益处呢？"等到费祎为蜀国丞相时，采用姑息宽赦的策略，蜀国也就日渐削弱了。

【评】郑国的子产对子太叔（游吉）讲："大凡治理国家，只有有德的人，才能以宽厚仁慈来使百姓服从。如果品行稍逊的话，还不如以严厉的政策统治百姓。火性猛烈，人们望而生畏，所以很少有人在烈火中丧生；水性柔弱，人们喜欢亲近，结果在水里丧生的人反而很多。因此，能做到宽厚待民很难。"太叔执掌国政，不忍心以严厉手段统治百姓，处处行宽大，然而郑国的盗窃现象却很多，太叔非常后悔没有听子产的话。孔子说："政令宽大百姓就怠慢，怠慢就要用严厉的政策加以纠正。政令严厉百姓则会受伤害，这就需要用宽柔的政策加以调和。用宽大调剂严厉，用严厉调剂宽大，政事因此调和。"战国时的商鞅，为政严苛，甚至对把灰烬弃在路上的人都处以刑罚，那是过于严厉了。南北朝时的梁武帝，一见到被判为死刑的犯人，就眼泪汪汪，而把他们放掉，这又是过于仁慈了。《论语》提倡，不追究人的小过失，《春秋》对那些纵容大过失的行径又加以讥讽，把这两种观点加以融会贯通，为政的中庸之道就尽在其中了。

王　猛

【原文】

猛督诸军十六万骑伐燕。慕容评屯潞州。猛进与相持，遣将军徐成觇燕军。期日中，及昏而反，猛怒，欲斩成。邓羌请曰："贼众我寡，诘朝将战，且宜宥之。"猛曰："若不斩成，军法不立。"羌固请曰："成，羌部将也，虽违期应斩，羌愿与成效战以赎罪。"猛又弗许。羌怒，还营，严鼓勒兵，将攻猛。猛谓羌义而有勇，使语之曰："将军止，吾今赦之矣。"成既获免，羌自来谢。猛执羌手而笑曰："吾试将军耳。将军于郡将尚尔，况国家乎！"

【评】违法请宥，私也；严鼓勒兵，悍也；且人将攻我，我因而赦之，不损威甚乎？然羌竟与成大破燕兵，以还报主帅，与其伸一将之威，所得孰多？夫所贵乎军法，又孰加于奋勇杀敌者乎？故曰：圆若用智，唯圜善转，智之所以灵妙而无穷也。

【译文】

前秦苻坚的谋臣王猛，总督各路兵马十六万讨伐北燕。北燕大将慕容评统兵屯据潞州。王猛率军与燕军相持，派将军徐成去侦察燕军。命令他必须在中午以前赶回来报告，他到黄昏才回来，王猛大怒，要将他斩首。邓羌向王猛求情说："贼众我寡，明天就要开战了，还是饶恕了徐成吧！"王猛说："如果不杀徐成，军法就失去作用了。"邓羌坚持请求说："徐成是我的部将，虽违了期限应该斩首，但我愿意与徐成在战场上效力，以求将功赎罪。"王猛还是不同意。邓羌很恼火，回到军营击鼓召集所属部队，准备攻击王猛。王猛觉得邓羌讲义气又勇敢，派人对邓羌说："将军停止这种行动吧，我赦免徐成了。"徐成获得赦免，邓羌来拜谢王猛。王猛拉着邓羌的手笑着说："我故意试试将军的，将军对部将尚且如此仁义，何况对国家啊！"

【评】为违背军法的人请求赦免，是私情；击鼓召集部队，是凶悍；况且他将攻击自己，却将他赦免，这不太有损于自己的威望吗？然而，邓羌与徐成竟然大破燕兵，以此来报答主帅。这与突出一人的威望，两者哪个更有利呢？军法是很重要，但是谁又将军法施加在奋勇杀敌的人身上呢？所以说：智慧之所以能产生奇妙无穷的作用，就在于能灵活运用、融会贯通。

邵雍

【原文】

熙宁中，新法方行，州县骚然。邵康节闲居林下，门生故旧仕宦者皆欲投劾而归，以书问康节。答曰：“正贤者所当尽力之时。新法固严，能宽一分，则民受一分之赐也矣。投劾而去，何益？”

【评】李燔常言：“人不必待仕宦有职事才为功业，但随力到处，有以及物，即功业也。”莲池大师劝人作善事，或辞以无力，大师指凳曰：“假如此凳，欹斜碍路，吾为整之，亦一善也。”如此存心，便觉临难投劾者亦是宝山空回。鲜

于铣为利州路转运副使，部民不请青苗钱。王安石遣吏诘之。铣曰："青苗之法，愿取则与。民自不愿，岂能强之？"东坡称铣"上不害法，中不废亲，下不伤民"，以为"三难"。仕途当以为法。

【译文】

宋代熙宁年间，新法刚实行，州县骚动起来。邵雍当时闲居在家，他的一些在朝中当官的门生故旧都打算自举罪状辞官回乡，纷纷写信征求邵雍意见。邵雍回答："现在正是贤明的人尽力为国的时候。新法固然严酷，但你们在执行中能放宽一分，老百姓就能得到一分利益呀！辞职不干，于国于民有什么好处呢？"

【评】李燔常说："人并非等到做官任职时，才能建功立业，只要力所能及，有所行动，随时随地都可以建功立业。"莲池大师劝人做善事，有人以没有能力推托。大师随手指着旁边的凳子说："比如这张凳子，歪斜在这里妨碍人们走路，我把它放好，就是做了一件善事。"照这种境界看来，便明白在艰难的时候仅仅做到辞职，也不过是宝山空回，未得真谛。鲜于侁担任利州路转运副使时，下面的百姓不要青苗钱。王安石派人来质问，鲜于侁说："青苗法规定，愿要青苗钱的就发给他，现在百姓自己不愿要，难道能强迫他要吗？"苏东坡称赞鲜于侁上不违反朝廷的法令，中不对亲朋有私心，下不伤害百姓，认为是"三难"。做官的人当以此为榜样。

萧何　任氏

【原文】

沛公至咸阳，诸将皆争走金帛财物之府分之，何独先入收秦丞相、御史律令图书藏之。沛公具知天下阨塞、户口多少强弱处、民所疾苦者，以何得秦图书也。

宣曲任氏，其先为督道仓吏。秦之败也，豪杰争取金玉，任氏独窖仓粟。楚汉相距荥阳，民不得耕种，米石至万，而豪杰金玉尽归任氏。

【评】二人之智无大小，易地则皆然也。又蜀卓氏，其先赵人，用铁冶富。秦破赵，迁卓氏之蜀，夫妻推辇行。诸迁虏少有余财，争与吏求近处，处葭萌。唯卓氏曰："此地陋薄，吾闻岷山之下沃野，下有蹲鸱，至死不饥，民工作布，易贾。"乃求远迁，致之临邛，即铁山鼓铸，运筹贸易，富至敌国。其识亦有过人者。

【译文】

刘邦攻进咸阳后，他手下的将领都争着跑到秦朝的府库里抢着分金帛财物，唯独萧何先去搜集秦朝丞相、御史的法律、文件和图书，并把这些保存好。刘邦之所以能详细了解天下关塞的险隘、人口的多少、地区的贫富以及人民的疾苦，就是因为萧何得到了秦朝的图书资料。

宣曲人任氏，他起先担任过看管粮仓的官吏。秦朝败亡后，豪杰们争着拿金银玉器，唯独任氏窖藏了大量粮食。后来楚、汉在荥阳相持，百姓无法种地，一石米高达一万钱，豪杰们的金银玉器，都成了任氏的囊中物。

【评】这两人的智术无大小之分，换个地方使用，效果都一样。又有四川人卓氏，他祖先是赵国人，经营采矿炼铁致富。秦国打败赵国后，将卓氏迁到四川，夫妻推着车子搬迁。移民中间稍有多余钱财的人，争着贿赂秦国官吏，要求迁移到离赵国近的地方葭萌。唯独卓氏说："葭萌这个地方狭小瘠薄，我听说岷山之下有肥沃的原野，长有如蹲鸱形的大芋头，一辈子也不会发生饥荒，老百姓还可以做工织布、经商。"于是要求迁往远处。被迁到临邛后，便开矿炼铁，筹划贸易经商，财富迅速增长，可以与王侯相当。卓氏的见识确实有超过常人之处。

李　渊

【原文】

李渊克霍邑，行赏时，军吏拟奴应募不得与良人同。渊曰："矢石之间，不辨贵贱；论勋之际，何有等差？宜并从本勋授。"引见霍邑吏民，劳赏如西河，选其壮丁，使从军。关中军士欲归者，并授五品散官，遣归。或谏以官太滥，渊曰："隋氏吝惜勋赏，致失人心，奈何效之？且收众以官，不胜于用兵乎？"

【译文】

唐高祖李渊攻克霍邑后，论功行赏时，军法官认为凡奴隶从军的人不能与平民从军的人同等对待。李渊说："战场上，不分贵贱；论功时，怎么能有差别？应该一视同仁地授勋。"于是，他犒赏霍邑的官员和百姓，如同在西河郡一样，并且挑选壮丁补充军队。家在关中的军士想回家，都授予五品散官，让他们返回故里。有人提出官授得太滥了，李渊说："隋朝的君主吝惜授勋行赏，以致失去了人心，我们为何效法他呢？况且用官爵来收买众人之心，不是比用武力更好吗？"

白起祠

【原文】

贞元中，咸阳人上言见白起，令奏云："请为国家捍御西陲。正月吐蕃必大下。"既而吐蕃果入寇，败去。德宗以为信然，欲于京城立庙，赠起为司徒。李泌曰："臣闻'国将兴，听于人'。今将帅立功，而陛下褒赏白起，臣恐边将解体矣。且立庙京师，盛为祷祝，流传四方，将召巫风。臣闻杜邮有旧祠，请敕府县修葺，则不至惊人耳目。"上从之。

【译文】

唐代贞元年间，咸阳有人上奏说他们看到了战国时秦国大将白起，白起叫他们转奏当今皇帝："请求为国家捍卫西部边疆。正月间，吐蕃一定要来侵犯。"没多久，吐蕃果然入侵，被打败后退走。德宗以为真是白起在保佑他，打算在京城为白起建祠庙，赠封白起为司徒。李泌说："我听说'国家将兴，在于人'。现在将帅建立了战功，而陛下却褒赏白起，我担心这样做边防将领会有所怨言而懈怠从事。况且在京城立庙，隆重地祷祝，流传开来，必将使巫风盛行。我听说杜邮那里有座白起旧祠，请下道敕文命当地府县把它整修一下，这样就不至于惊人耳目了。"德宗听从了李泌的意见。

辞连署　辞密揭

【原文】

宪宗嘉崔群谠直，命学士自今奏事必取群连署，然后进之。群曰："翰林举动，皆为故事。必如是，后来万一有阿媚之人为之长，则下位直言无自而进矣。"遂不奉诏。

上御文华殿，召刘大夏谕曰："事有不可，每欲召卿商榷，又以非卿部内事而止。今后有当行当罢者，卿可以揭帖密进。"大夏对曰："不敢。"上曰："何也？"大夏曰："先朝李孜省可为鉴戒。"上曰："卿论国事，岂孜省营私害物者比乎？"大夏曰："臣下以揭帖进，朝廷以揭帖行，是亦前代斜封、墨敕之类也。陛下所行，当远法帝王，近法祖宗，公是公非，与众共之，外付之府部，内咨之阁臣可也。如用揭帖，因循日久，视为常规，万一匪人冒居要职，亦以此行之，害可胜言！此甚非所以为后世法，臣不敢效顺。”上称善久之。

【评】老成远虑，大率如此，由中无寸私、不贪权势故也。

【译文】

唐宪宗赞赏崔群为人正直，命令今后凡是翰林学士奏事，都必须有崔群参加署名，然后才能奉进。崔群说：“翰林院的做法，往往会成为一种常例。如果照此办理的话，将来万一有阿谀奉承的人担任翰林院的长官，那么官阶低的人直言切谏就无法上达了。”于是没有执行“连署”的旨意。

明朝孝宗皇帝在文华殿召见刘大夏，说：“寡人遇到不好处理的事，每每想叫你来商量，但又因为不是你部内的事而不好叫你来。今后你觉得有必要实行或应当取消的事情，可以写个揭帖秘密地送来给我。”刘大夏对孝宗说：“我不敢这样做。”明孝宗说：“那又为什么？”刘大夏回答说：“先朝李孜省可以作为鉴戒。”孝宗说：“你议论国家大事，岂是孜省那种营私害人之徒可以比拟的？”刘大夏说：“臣子以揭帖奉上，朝廷以揭帖行事，这也是前代斜封、墨敕（皇帝亲笔书写、不经外廷而直接下达的命令）之类的做法。陛下行事，应当远法前代圣王，近效本朝祖宗，是非公开，使群臣都能知道，外事交付各部处理，内政向阁臣咨询，这样就可以了。如果兴用揭帖，时间久了，成为一种常规，万一不良之辈窃居要职，也依此行事，那祸害就大啦！这种方法大不可作为后世的准则，我不敢答应这样做。”皇上听后称赞不已。

【评】老成远虑的人，大都如此，这是因为他们胸中无一点私心，不贪图权势的缘故！

赵忠简

【原文】

刘豫揭榜山东，妄言御医冯益遣人收买飞鸽，因有不逊语。知泗州刘纲奏之。张浚请斩益以释谤，赵鼎继奏曰："益事诚暧昧，然疑似间有关国体。然朝廷略不加罚，外议必谓陛下实尝遣之，有累圣德。不若暂解其职，姑与外祠，以释众惑。"上欣然，出之浙东。浚怒鼎异己，鼎曰："自古欲去小人者，急之，则党合而祸大；缓之，则彼自相挤。今益罪虽诛，不足以快天下，然群阉恐人君手滑，必力争以薄其罪。不若谪而远之，既不伤上意，彼见谪轻，必不致力营求；又幸其位，必以次窥进，安肯容其入耶？若力排之，此辈侧目吾人，其党愈固而不破矣！"浚始叹服。

【译文】

刘豫在山东张贴文告，胡说御医冯益派人收买飞鸽，造成对宋高宗不好的舆论。泗州知州刘纲将此事奏于朝廷。张浚请求高宗将冯益斩首以消除诽谤，赵鼎随即上奏："冯益的事情确实暧昧，然而在若有若无间已经关系国体了。但朝廷如果一点不处罚他，外界必定会说真

的是皇上派他干的，这样会玷污了圣德。不如暂时解除他的职务，并让他离开京城，以消除众人的疑惑。”高宗欣然同意，将冯益派往浙东去了。张浚对赵鼎与自己意见不合很愤怒，赵鼎解释说：“自古以来，凡要排除小人，行动急躁了反而使小人结合起来，造成更大的祸害；行动缓一点，倒可能使他们内部互相排挤消耗。论冯益的罪过，即使杀头也不足以安抚天下人的心。然而，这样一来，那班太监害怕以后皇上对他们的处罚也像对冯益那样重，必然要竭力争取减轻冯益的罪行。不如现在将冯益贬得远远的，这样既不违背皇上的意思，又使太监们看到冯益处理轻，而不尽力营救。而且，其他太监必定高兴冯益的位置空下来，好由他们依次接替，他们怎么愿意让冯益再度回朝呢？如果我们现在竭力排除冯益，这些小人必然惧怕我们，那么他们的朋党组织将更加牢固而不易打破了。”张浚这才叹服。

王守仁

【原文】

阳明公既擒逆濠，江彬等始至，遂流言诬公，公绝不为意。初谒见，彬辈皆设席于旁，令公坐。公佯为不知，竟坐上席，而转旁席于下。彬辈遽出恶语，公以常行交际事体平气谕之，复有为公解者，乃止。公非争一坐也，恐一受节制，则事机皆将听彼而不可为矣。

【译文】

王阳明（王守仁号阳明）擒获宁王以后，江彬等人才到，江彬等人散布流言诬陷王阳明，王阳明对此一点都不在意。第一次见面，江彬

等人设旁席让王阳明坐。王阳明装着不知道，一下子就坐在上席，而将旁席让给江彬他们坐。江彬等人马上恶语相加，王阳明当作平时交际中正常出现的情况，平心静气地说服他们，又有人来劝解，事情就过去了。阳明公不是为了争一个上座，而是怕一旦受江彬的节制，将来在处理重要公务时都要听他的而不能有所作为了。

主婚用玺

【原文】

郑贵妃有宠于神庙。熹宗大婚礼，妃当主婚。廷臣谋于中贵王安曰：“主婚者，乃与政之渐，不可长也，奈何？”或献计曰：“以位则贵妃尊，以分则穆庙恭妃长，盍以恭妃主之？”曰：“奈无玺何？”曰：“以恭妃出令，而以御玺封之，谁曰不然？”安从之。自是郑氏不复振。

【译文】

郑贵妃很受明神宗皇帝的宠爱。皇太孙（熹宗）举行大婚典礼，郑贵妃想要当主婚人。朝廷中的一些大臣和宦官王安在一起谋划说：“如果郑贵妃当了主婚人，她就会慢慢地以此为发端来干预政事，这种气势不可助长，怎么办呢？”有人就献计说：“按地位来说，郑贵妃比较尊贵；可按辈分来讲，则是先帝穆宗的恭妃最高，何不请恭妃来当这个主婚人呢？”有人说：“她没有印玺，怎么办呢？”有人提议说：“就请恭妃出面发布命令，上面加盖当今皇上的玉玺，哪个人还能说不行呢？”王安听从了这个建议。从此郑氏的气势不再那么嚣张了。

喻樗

【原文】

张浚与赵鼎同志辅治，务在塞幸门、抑近习，相得甚欢。人知其将并相，史馆校勘喻樗独曰："二人宜且同在枢府，他日赵退则张继之，立事任人，未甚相远，则气脉长。若同在相位，万一不合而去，则必更张，是贤者自相悖戾矣。"

【评】曹可以继萧，费、董可以继诸葛，此君子所以自衍其气脉也。若乃不贵李勣以遗孝和，不贵张齐贤以遗真庙，是人主自以私恩为市，非帝王之公矣。

【译文】

张浚与赵鼎同心辅佐国事，都致力于堵塞小人近身的门户，抑制皇帝的亲信，两人相处得很好。人们都认为他们将并列为宰相，唯独史馆校勘喻樗说："两人还是同在枢密院任职相宜，这样，如果哪天赵鼎退下来了，可由张浚来继续执行他们的政策。处理国家大事，任免官员，前后差异就不大，这样国运才能长久。如果两人同处宰相位置，万一意见不合而离去一人，就必然要改变政策，那就成了贤者自相反对了。”

【评】曹参得以继承萧何，费祎、董允得以继承诸葛亮，这是君子所以能自行延长他们的事业、气脉的原因。至于唐太宗自己不封赏李勣而留给他儿子高宗去封赏，宋太宗自己不封赏张齐贤而给他儿子真宗去封赏，是人主以私恩做交易，不是出自帝王的公心啊！

吕文靖

【原文】

仁宗时，大内灾，宫室略尽。比晓，朝者尽至；日晏，宫门不启，不得闻上起居。两府请入对，不报。久之，上御拱宸门楼，有司赞谒，百官尽拜楼下，吕文靖独立不动。上使人问其意，对曰："宫庭有变，群臣愿一望天颜。"上为举帘俯槛见之，乃拜。

【译文】

宋仁宗时，皇宫遭火灾，房屋都被烧毁了。等到天亮，上朝的官员都来了，但到天色已晚，宫门还没打开，群臣也无法向皇上问安。宰相请求进见，也不批复。过了很久，皇上驾临拱宸门楼，司礼官高声赞谒，文武百官一齐跪拜在楼下，唯有吕文靖独立不动。皇上派人问他的用意，他说："宫廷发生变乱，群臣盼望能看一眼皇上的容颜。"仁宗命人打开帘子，俯身在栏杆上让群臣看，吕文靖才下拜。

公孙仪

【原文】

公孙仪相鲁，而嗜鱼，一国争买鱼献之，公仪子不受。其弟谏曰："夫子嗜鱼而不受者，何也？"对曰："夫唯嗜鱼，故不受也。夫既受鱼，必有下人之色，将枉于法；枉于法，则免于相；免于相，虽嗜鱼，其谁给之？无受鱼而不免于相，虽不受鱼，能长自给鱼。"此明夫恃人不如自恃也。

【译文】

春秋时，公孙仪任鲁国的宰相，他很喜欢吃鱼，国内的人都争着买鱼献给他，公孙仪不接受。他弟弟劝他："你喜欢吃鱼而不接受鱼，为什么呢？"公孙仪回答："正因为我喜欢吃鱼，所以才不接受别人送的鱼。如果接受别人的鱼，必然要按照别人的意愿办事，那就可能违犯法律；违犯法律，就会被免去宰相；免去宰相，虽然喜欢吃鱼还有谁送给你呢？不接受鱼而不被免去宰相，这样，虽然没要人家的鱼，但却能长久地自己买鱼吃。”公孙仪这是懂得“靠人不如靠己”的道理。

下岩院主僧

【原文】

巴东下岩院主僧，得一青磁碗，携归，折花供佛前，明日花满其中。更置少米，经宿，米亦满；钱及金银皆然。自是院中富盛。院主年老，一日过江简田，怀中取碗掷于中流。弟子惊愕，师曰："吾死，汝辈宁能谨饬自守乎？弃之，不欲使汝增罪也。"

【评】沈万三家有聚宝盆，类此。高皇取试之，无验，仍还沈。后筑京城，复取此盆镇南门下，因名聚宝门云。

【译文】

巴东下岩院的院主在外面得到一个青瓷碗，带回了寺院。他折了一枝花放在碗中，供在佛座前，第二天碗内装满了花。又放了一点米在碗里，过了一夜，变成了满满的一碗米。放铜钱，放金银，也是这样。从此，这座寺院非常富有了。院主年老之后，一天，他过江去查看寺属田地，突然从怀中拿出这只青瓷碗投入江中。弟子们都惊呆了。院主说："我死后，若留着这只碗，你们会愿意淡泊谨慎地过日子吗？丢掉它，是不想使你们增加罪过呀！"

【评】沈万三家有聚宝盆，情况也类似。高皇帝（明太祖朱元璋）曾取去试试，没有应验，仍然还给了沈万三。后来建筑京城，又把这个盆放置在南门的地基下，因此称南门为"聚宝门"。

高 拱

【原文】

隆庆中，贵州土官安国亨、安智各起兵仇杀，抚臣以叛逆闻。动兵征剿，弗获，且将成乱。新抚阮文中将行，谒高相拱。拱语曰："安国亨本为群奸拨置，仇杀安信，致信母疏穷、兄安智怀恨报复。其交恶互讦，总出仇口，难凭。抚台偏信智，故国亨疑畏，不服拘提，而遂奏以叛逆。夫叛逆者，谓敢犯朝廷，今夷族自相仇杀，于朝廷何与？纵拘提不出，亦只违拗而已，乃遂奏轻兵掩杀，夷民肯束手就戮乎？虽各有残伤，亦未闻国亨有领兵拒战之迹也，而必以叛逆主之，甚矣！人臣务为欺蔽者，地方有事，匿不以闻。乃生事幸功者，又以小为大，以虚为实。始则甚言之，以为邀功张本，终则激成之，以实己之前说，是岂为国之忠乎！君廉得其实，宜虚心平气处之，去其叛逆之名，而止正其仇杀与夫违拗之罪，则彼必出身听理。一出身听理，而不叛之情自明，乃是止坐以本罪，当无不服。斯国法之正，天理之公也。今之仕者，每好于前官事务有增加，以见风采。此乃小丈夫事，非有道所为，君其勉之！”

阮至贵，密访，果如拱言，乃开以五事：一责令国亨献出拨置人犯，一照夷俗令赔偿安信等人命，一令分地安插疏穷母子，一削夺宣慰职衔，与伊男权替，一从重罚以惩其恶。

而国亨见安智居省中，益疑畏，恐军门诱而杀之，拥兵如故，终不赴勘，而上疏辨冤。阮狃于浮议，复上疏请剿。拱念剿则非计，不剿则损威，乃授意于兵部，题覆得请，以吏科给事贾三近往勘。国亨闻科官奉命来勘，喜曰：“吾系听勘人，军门必不敢杀我，我乃可以自明矣！”于是出群奸而赴省听审。五事皆如命，愿罚银三万五千两自赎。安智犹不从，阮治其用事拨置之人，始伏。智亦革管事，随母安插。科官未至，而事已定矣。

【评】国家于土司，以戎索羁縻之耳，原与内地不同。彼世享富贵，无故思叛，理必不然。

皆当事者或朘削，或慢残，或处置失当，激而成之。反尚可原，况未必反乎？如安国亨一事，若非高中玄力为主持，势必用兵，即使幸而获捷，而竭数省之兵粮，以胜一自相仇杀之夷人，甚无谓也。呜呼！前事不忘，后事之师。吾今日安得不思中玄乎！

【译文】

隆庆年间，贵州土司安国亨、安智，各自起兵相互仇杀，督抚以叛逆罪上奏。朝廷派兵征剿，未成功，眼看要造成动乱了。新任巡抚阮文中即将出发就任，临行前去拜见宰相高拱，高拱对他说："安国亨受一些奸人挑拨，杀死安信，致使安信的母亲疏穷、哥哥安智起兵报仇。

他们之间关系恶化，互相攻击，其是非出自仇人之口，难以凭信。抚台偏信安智，所以安国亨心存疑惧，不服拘拿，于是抚台上奏朝廷说安国亨反叛。何谓反叛，应当是指反对朝廷。现在是夷族自相仇杀，于朝廷又有什么干系？纵使拘拿他，他不出面，也只是违拗而已，马上就上奏轻易发兵捕杀，夷兵肯束手就死吗？虽然双方各有伤残，但还没有听说安国亨有领兵抗拒的迹象，如果一定要定他叛逆的罪名，就太过分了！做臣子成心要欺骗蒙蔽朝廷

的，凡是地方上发生事变，他都隐瞒住不报告；而那些生事邀功的，又以小报大，以虚报实。开始过分渲染，以为邀功张本，后来真的激起事变，以证实自己以前的报告。这难道是对国家的忠诚吗？你确实有廉洁的美德，宜平心静气地处理，去掉安国亨反叛的罪名，只治他仇杀和违拗的罪，这样他就必然出庭听从审理。一出庭听从审理，他是不是叛逆的事情自然就清楚了。然后只判他本来所犯的罪过，他是应该会服从的。这才体现出国法的严正，天理的公平。当今一些做官的，每每喜欢把前任官吏上报的事务说得更严重，以显示他们的风采。这是庸俗识短的人做的事，不是有道者所为。你努力去做吧！”

阮文中到贵州后，经过秘密查访，情况果然如高拱说的一样，于是做出五项决定：一是责令安国亨交出挑拨是非的人犯；二是按照当地的风俗，赔偿安信等被杀者的人命；三是划出地方安顿好疏穷母子；四是削夺安国亨宣慰使的官衔，由其儿子暂时接替；五是从重惩治安国亨的违拗之罪。

决定公布之后，安国亨见安智住在巡抚府中，更加增添了疑惧，害怕巡抚要诱杀他，所以仍然聚集部队，不到巡抚府受审查，一面上疏辩白冤情。阮文中拘泥于外界舆论，再次上疏请求征剿安国亨。高拱觉得征剿不是上策，而不征剿又有损国威，于是他授意兵部重新题奏，又派吏科给事中贾三近再往贵州勘查。安国亨听说是吏部官员奉命来勘查，高兴地说："我是朝廷要勘查的人，巡抚必不敢杀我，我可以自己说明情况了。"于是安国亨交出那班奸人，自己前往官署听审。五条决定都接受了，愿意罚银三万五千两来赎罪。安智还有些不愿意，阮文中把为他出主意、行挑拨的人处罚了，他才服从。安智也被革除了管事的职务，随同他的母亲被安置在居住地。吏部官员还未到贵州，事件就这样妥善处理好了。

【评】国家对于土司，主要是控制他们，与内地的情况是不同的。他们世代享受富贵，决不会无缘无故地反叛。如真有什么事变，都是因为当地主管官员欺压他们，或者怠慢他们，或者处置事情不当，才激起事变的。这样的反叛尚且可原谅，何况并未反叛呢？像安国亨这件事，如果不是高拱着力主持，势必会出兵讨伐，即使有幸获胜，但耗费了几个省的兵力和粮草，去对付自相残杀的夷人，太没意义了。唉！前事不忘，后事之师。我在今天能不思念中玄（高拱字中玄）公吗？

草场火　驿舍火

【原文】

杜纮知郓州，尝有揭帜城隅，著妖言其上，期为变，州民皆震。俄而草场白昼火，盖所揭一事也，民益恐。或谓大索城中，纮笑曰："奸计正在是，冀因吾胶扰而发，奈何堕其术中？彼无能为也！"居无何，获盗，乃奸民为妖，遂诛之。

苏颂迁度支判官，送契丹使宿恩州。驿舍火，左右请出避火，颂不许；州兵欲入救火，亦不许，但令防卒扑灭之。初火时，郡中汹汹，谓使者有变，救兵亦欲因而生事，赖颂不动而止。

【译文】

宋哲宗时，杜纮任郓州知州，曾经有人在城边张贴揭帖，上面写着妖言惑众的话，预言要发生变乱，使得郓州人民都很紧张。没过多久，草场白昼失火，正是揭帖中所预言的一桩事，百姓更加惊慌。有人建议在城中进行大搜捕，杜纮笑道："坏人的奸计正在于此，想用这些干扰来激我有所行动，何必上他的当？他成不了什么事。"过了没多久，捕获了盗贼，查明正是奸民在制造妖言，就立即把他们杀了。

宋英宗时，苏颂改任度支判官，送契丹使者回国，夜宿恩州。驿舍失火，左右侍从请苏颂出去避火，苏颂没有同意；恩州兵士想进去救火，苏颂也没有同意，只令驿舍内的卫兵将火扑灭。开始起火时，郡中议论纷纷，说契丹使者要发生变乱，救兵也想以此把事态扩大，全仗苏颂镇静处理，使事变没有发生。

文彦博

【原文】

文潞公知成都，尝于大雪会客，夜久不罢。从卒有谇语，共拆井亭烧以御寒，军校白之，座客股栗。公徐曰："天实寒，可拆与之。"神色自若，饮宴如故。卒气沮，无以为变。明日乃究问先拆者，杖而遣之。

【评】气犹火也，挑之则发，去其薪则自熄，可以弭乱，可以息争。

【译文】

北宋文彦博主管成都时，曾经一次在大雪天宴请客人，直到夜深还不散去。文彦博的随从士兵有怨言，一起把府中的井亭拆掉，用来烧火取暖。军校将此事报告文彦博，在座的客人听说后都感到害怕。文彦博慢吞吞地说："天气确实寒冷，可以拆了给他们取暖。"说话间神情从容自若，照样饮酒。士兵气势小了，没有找到借口闹事。第二天文彦博查问清了带头拆井亭的人，打了一顿遣送走了。

【评】怒气跟火差不多，挑起它，火势就变大；去掉柴草，就能自己熄灭。懂得这个道理，可以消除动乱，可以平息纷争。

吕公孺

【原文】

吕公孺知永兴军，徙河阳。洛口兵千人，以久役思归，奋斧锸排关，不得入，西走河桥，观听汹汹。诸将请出兵掩击，公孺曰："此皆亡命，急之变且生。"即乘马东去，遣牙兵数人迎谕之，曰："汝辈诚劳苦，然岂得擅还之？渡桥，则罪不赦矣！太守在此，愿自首者止道左。"皆伫立以俟。公孺索倡首者，黥一人，余复送役所，语其校曰："若复偃蹇者，斩而后报。"众帖息。

【译文】

北宋神宗时，吕公孺主政永兴军，他将永兴军的驻所迁至河阳。有一千多名来自洛口的士兵，因服役已久，很想回家。他们拿起斧头大刀想闯出关门，没有成功，就朝西边的渡桥奔去，人声鼎沸，喧嚣不已。众将领都请求发兵镇压他们，吕公孺说："这些人都是亡命之徒，逼得太急，就会引发兵变。"于是他就领着部属骑马往东而去，只派几名贴身卫兵迎上去告诉这伙人说："你们的确很辛苦，但难道可以擅自回家吗？一过了桥，那就犯了不可饶恕的罪行！吕太守就在这里，愿意自首的站到大路的左边。"士兵们全都站到左边等待太守。吕公孺只把带头闹事的人抓起来，处以黥刑，其余的一律送回到原来服役的地方，对他们的军官说："如果他们中再有桀骜不驯的，先斩后报！"从此众兵卒都非常服帖。

向敏中　王旦

【原文】

真宗幸澶渊，赐向敏中密诏，尽付西鄙，许便宜行事。敏中得诏藏之，视政如常。会大傩，有告禁卒欲依傩为乱者，敏中密麾兵被甲伏庑下幕中。明日尽召宾僚兵官，置酒纵阅，命傩入，先驰骋于中门外，后召至阶，敏中振袂一挥，伏出，尽擒之，果怀短刃，即席斩焉。既屏其尸，以灰沙扫庭，照旧张乐宴饮。

旦从幸澶渊。帝闻雍王遇暴疾，命旦驰还东京，权留守事。旦驰至禁城，直入禁中，令人不得传播。及大驾还，旦家子弟皆出郊迎，忽闻后面有驺呵声，回视，乃旦也，皆大惊。

【评】西鄙、东京，两人如券。时寇准在澶渊，掷骰饮酒鼾睡，仁宗恃之以安。内外得人，故虏不为害。当有事之日，须得如此静镇。

【译文】

宋真宗驾临澶渊，赐给向敏中密诏，将西部边境的一切军政事务都交给他负责，允许他自行决断处理。向敏中得到密诏后收藏了起来，处理政务依然如故。适逢迎神大会，有人向他报告一些卫兵打算利用那些迎神驱鬼表演的人在大会时搞叛乱。于是，向敏中秘密调遣士兵穿好铠甲，埋伏在廊下或帐内。第二天，他召集所有宾客幕僚和大小将官，饮酒观看，命作迎神驱鬼表演的人进帐，先在中门外表演，后召他们到阶前，这时，向敏中猛地一挥衣袖，伏兵齐出，将那些人都抓住了，果然怀里藏着短刀，当即将他们都杀了。

随即搬开那些尸体，用灰沙把庭阶打扫干净，照旧奏乐饮酒。

王旦陪宋真宗来到澶渊。真宗听说雍王得了急病，命令王旦迅速返回东京，行使留守的职责。王旦迅速返京后，直接入宫，命人不得将他返京的消息传出去。等到真宗回到京城，王旦的子侄都到郊外去迎接，忽听得后面有传呼开道的声音，回头一看，却是王旦，大家都非常吃惊。

【评】向敏中和王旦，一个在西部边境，一个在京城，但两人的行为却那么相似。寇准在澶渊时，常常掷骰、饮酒、鼾睡，宋真宗却依仗他安定边境。朝廷内外都有得力的人才，所以外族不能为害。发生事变时，就应该这样镇静才行。

主父偃

【原文】

汉患诸侯强，主父偃谋令诸侯以私恩自裂地，分其子弟，而汉为定其封号；汉有厚恩而诸侯渐自分析弱小云。

【译文】

汉武帝担心各诸侯国强大，主父偃献计，请武帝令各诸侯王以私恩将封地分给自己的儿子兄弟，而由朝廷为他们定封号。这样，朝廷对他们有厚恩，而诸侯国也渐渐因被分割而变得弱小了。

秦　桧

【原文】

建炎初，虏使讲和，云："使来，必须百官郊迎其书。"在廷失色，秦桧恬不为意，尽遣部省吏人迎之。朝见，使人必要褥位，此非臣子之礼。是日，桧令朝见，殿廷之内皆以紫幕铺满。北人无辞而退。

【译文】

南宋高宗建炎初年，金人派遣使者来讲和，通知说："使者来时，你们文武百官必须到郊外迎奉国书。"群臣大惊失色。秦桧恬然不以为意，派各部官员去迎接。金使提出朝见时要设铺有锦褥的座位，朝见时金使坐这样的位子，就不是臣子的礼节了。这天，秦桧命令将殿廷之内铺满紫色的帐幕。金使没有话说，只好告退。

于　谦

【原文】

永乐间降虏多安置河间、东昌等处，生养蕃息，骄悍不驯。方也先入寇时，皆将乘机骚动，几至变乱。至是发兵征湖、贵及广东、西诸处寇盗，于肃愍奏遣其有名号者，厚与赏犒，随军征进。事平，遂奏留于彼。于是数十年积患，一旦潜消。

【评】用郭钦徙戎之策而使戎不知，真大作用！

【译文】

永乐年间投降的北虏大多被安置在河间、东昌等地，他们生养蕃息，变得骄悍不驯。当北方瓦剌部落首领也先率众前来进犯的时候，这些人都乘机骚动，几乎发生变乱。后来朝廷要发兵征剿两湖、贵州和两广等地的盗寇时，于谦奏请征派那些降虏中有名号的人，给予重赏，让他们随军出征。事平之后，又奏请将那些人留居在当地。于是几十年的积患，不动声色就消除了。

【评】采用郭钦迁徙外族的计策，而使外族不知，真是大作为！

朱胜非

【原文】

苗、刘之乱，勤王兵向阙。朱忠靖从中调护，六龙反正。有诏以二凶为淮南两路制置使，令将部曲之任。时朝廷幸其速去，其党张达为画计，使请铁券。既朝辞，遂造堂袖札以恳。忠靖顾吏取笔，判奏行给赐，令所属检详故事，如法制造。二凶大喜。

明日将朝，郎官傅宿扣漏院白急事，速命延入。宿曰："昨得堂帖，给赐二将铁券，此非常之典，今可行乎？"忠靖取所持帖，顾执政秉烛同阅。忽顾问曰："检详故事，曾检得否？"

曰："无可检。"又问："如法制造，其法如何？"曰："不知。"又曰："如此，可给乎？"执政皆笑，宿亦笑，曰："已得之矣。"遂退。

【评】妙在不拒而自止。若腐儒，必出一段道理相格，激成小人之怒；怒而惧，即破例奉之不辞矣。

【译文】

苗傅、刘正彦发动兵变时，各地纷纷起兵勤王。大臣朱胜非从中周旋，使宋高宗又恢复了帝位。高宗颁布诏书，任命苗傅、刘正彦为淮南两路制置使，率领所部赴任。当时朝廷希望他们早点离开京城，苗、刘的同党张达出主意，叫他俩请求皇帝赐予免死铁券。苗、刘二人辞行时，就递上了请求铁券的札子。朱胜非叫属吏详查典章制度，依照先例办事。苗、刘二人大喜。

第二天上朝前，郎官傅宿有急事求见，朱胜非命人请他赶快进来。傅宿说："昨天收到堂帖，赐给苗、刘二将铁券，这事不同寻常，今天是不是执行呢？"朱胜非拿过堂帖，招呼主管此事的官员一同秉烛观看，忽然问主事官员："查到有关典章制度了吗？"回答："没查到。"又问："依照先例办事，先例如何？"回答说："不知道。"朱胜非说："这样看来，铁券能赐给他们吗？"主事的官员都笑起来了，傅宿也笑了，说："我已经知道怎么处理了。"随即告退。

【评】妙在不拒绝而使事情自然终止。如果是迂腐之人必然要说一通大道理来拒绝，激起小人发怒。因小人发怒而惧怕，就会屈服破例了。

管　仲

【原文】

管仲有疾，桓公往问之，曰："仲父病矣，将何以教寡人？"管仲对曰："愿君之远易牙、竖刁、常之巫、卫公子启方。"公曰："易牙烹其子以慊寡人，犹尚可疑耶？"对曰："人之情非不爱其子也。其子之忍，又何有于君？"公又曰："竖刁自宫以近寡人，犹尚可疑耶？"对曰："人之情非不爱其身也。其身之忍，又何有于君？"公又曰："常之巫审于死生，能去苛病，犹尚可疑耶？"对曰："死生，命也；苛病，失也。君不任其命，守其本，而恃常之巫，彼将以此无不为也！"公又曰："卫公子启方事寡人十五年矣，其父死而不敢归哭，犹尚可疑耶？"对曰："人之情非不爱其父也。其父之忍，又何有于君？”公曰：“诺。”管仲死，尽逐之。食不甘，宫不治，苛病起，朝不肃。居三年，公曰：“仲父不亦过乎！”于是皆复召而反。明年，公有病，常之巫从中出曰：“公将以某日薨。”易牙、竖刁、常之巫相与作乱，塞宫门，筑高墙，不通人，公求饮不得。卫公子启方以书社四十下卫。公闻乱，慨然叹，涕出，曰：“嗟乎！圣人所见，岂不远哉！”

【评】昔吴起杀妻求将，鲁人谮之；乐羊伐中山，对使者食其子，文侯赏其功而疑其心。夫能为不近人情之事者，其中正不可测也。天顺中，都指挥马良有宠。良妻亡，上每慰问。适数日不出，上问及，左右以新娶对。上怫然曰：“此厮夫妇之道尚薄，而能事我耶？”杖而疏之。宣德中，金吾卫指挥傅广自宫，请效用内廷。上曰：“此人已三品，更欲何为？自残希进，下法司问罪！”噫！此亦圣人之远见也！

【译文】

管仲生病了，齐桓公去看他。齐桓公问：“您病重了，有什么要教导我的吗？”管仲回答说：“希望君主疏远易牙、竖刁、常之巫和卫公子启方。”桓公说：“易牙烹了他自己的儿子来让我尝尝人肉的味道，难道还要怀疑他吗？”管仲说：“人之常情没有不爱自己的孩子的，易牙连自己的亲生儿子都下得了手，又怎么能爱大王呢？”桓公又说：“竖刁不惜把自己阉割了来服侍我，难道还要怀疑他吗？”管仲回答道：“人之常情没有不爱惜自己身体的，竖刁连自己的身体都不爱惜，又怎么能够爱惜大王呢？”桓公又说：“常之巫会占卜生死，能消除疾病，难道还要怀疑他吗？”管仲回答：“生死有命，疾病无常，大王不听任命运，遵行事物的本来规律，而专门依赖常之巫，那他从此将骄横得无所不为了。”桓公又说：“卫公子启方侍奉我已十五年了，他父亲去世他都不愿回去看看，难道还要怀疑他吗？”管仲回答：“人之常情没有不爱自己父亲的，他连亲生父亲都能不爱，还能爱大王吗？”桓公应承说：“好吧。”管仲死后，齐桓公把这几个人都赶走了。然而不久，齐桓公就觉得吃饭也不香甜了，宫中的事务也没有条理了，朝中也缺乏秩序了。这样过了三年，桓公说：“管仲是不是说得太过分了？”于是又把他们召回了宫。第二年，齐桓公病了，常之巫就出来说：“桓公将在某日死。”随后，易牙、竖刁、常之巫一同作乱，他们关上宫门，筑起高墙，不让宫中与外界联系，齐桓公就连想喝口水也得不到。卫公子启方以齐国的一千户名册归降卫国。齐桓公听到他们叛乱，慨然长叹，流着泪说：“唉，圣人的见识真远啊！”

【评】当年吴起杀死自己的妻子，以求做将军，于是鲁国人中伤他。乐羊攻打中山国时，当着中山使者的面吃他亲子的肉，魏文侯赏赐他的功劳却怀疑他的居心。因为能做出不近人情的事的人，他的内心世界实在是不可揣测的。本朝天顺时，都指挥马良深受皇上宠信，马良的妻子死了，皇上常常慰问他。有几天马良没来，皇上询问，左右的人回答马良又娶新妇了。皇上很恼怒地说：“这家伙夫妻感情尚且如此淡薄，难道能忠心对我吗？”命人把马良打了一顿，并从此疏远了他。宣德时，金吾卫指挥傅广自残身体后，请求入宫做太监。宣宗皇帝说：“这个人已经做到三品官了，还想干什么？对于这种自残身体以求进用的人，应该交付法司问罪！”唉！这也是圣人的远见啊。

孙坚　皇甫郦

【原文】

孙坚尝参张温军事。温以诏书召董卓，卓良久乃至，而词对颇傲。坚前耳语温曰："卓负大罪而敢鸱张大言，其中不测，宜以召不时至，按军法斩之。"温不从，卓后果横不能制。

中平二年，董卓拜并州牧，诏使以兵委皇甫嵩，卓不从。时嵩从子郦在军中，说嵩曰："本朝失政，天下倒悬，能安危定倾，唯大人耳。今卓被诏委兵，而上书自请，是逆命也。又以京师昏乱，踌躇不进，此怀奸也。且其凶戾无亲，将士不附，大人今为元帅，仗国威以讨之，上显忠义，下除凶害，此桓、文之事也。"嵩曰："专命虽有罪，专诛亦有责，不如显奏其事，使朝廷自

裁。”于是上书以闻。帝让卓，卓愈增怨嵩；及卓秉政，嵩几不免。

【评】观此二条，方知哥舒翰诛张擢，李光弼斩崔众，是大手段、大见识。

【译文】

孙坚曾经做过张温的军事参谋。张温以皇帝诏书召见董卓，董卓很久才到，而且言词颇为傲慢。孙坚走到张温身边附耳低语，说：“董卓有大罪，还敢嚣张狂言，实在居心叵测。应当以奉召不按时到来的罪名，行使军法将他斩首。”张温没有采纳。后来董卓果然横行残暴，无法控制了。

汉灵帝中平二年，董卓任并州牧。朝廷下诏命他将兵权交给皇甫嵩，董卓拒不服从。当时皇甫嵩侄子皇甫郦正在军中，就对皇甫嵩说：

“当今朝政混乱，百姓生活困苦，能使天下转危为安，挽救社稷不使它倾覆的，只有大人您了。现在皇上下诏命董卓将兵权交给您，而他却上书请求自己带兵，这是在违抗皇上命令。他又借口京师混乱，踌躇不进，这是他心怀奸计。况且他凶残横暴，六亲不认，将士都和他不一心。大人现在身为元帅，凭借着国家的威力去讨伐他，上对朝廷显示了忠义之节，下为百姓铲除了凶残的祸害，这是齐桓公、晋文公所曾做过的大事业呀！”皇甫嵩说：“董卓不奉上命而独断专行，虽然有罪，但我如果不请示朝廷就杀掉他，也有过失，不如把这事详细地上报朝廷，让朝廷来裁决吧。”于是上报朝廷，灵帝责备董卓，董卓更加怨恨皇甫嵩，等到后来董卓专政时，皇甫嵩几乎连老命都保不住了。

【评】看了这两条，才知道哥舒翰杀张擢，李光弼斩崔众，是大手段、大见识。

韩平原馆客

【原文】

韩平原尝为南海尉，延一士人作馆客，甚贤，既别，杳不通问。平原当国，尝思其人。一日忽来上谒，则已改名登第数年矣。一见欢甚，馆遇甚厚。尝夜阑酒罢，平原屏左右，促膝问曰：“某谬当国秉，外间议论如何？”其人太息曰：“平章家族危如累卵，尚复何言！”平原愕然问故，对曰：“是不难知也！椒殿之立，非出平章，则椒殿怨矣。皇子之立，非出平章，则皇子怨矣。贤人君子，自朱熹、彭龟年、赵汝愚而下，斥逐贬死，不可胜数，则士大夫怨矣。边衅既开，三军暴骨，孤儿寡妇，哭声相闻，则三军怨矣。边民死于杀掠，内地死于科需，则四海万姓皆怨矣。丛此众怨，平章何以当之？”平原默然久之，曰：“何以教我？”其人辞谢。再三固问，乃曰：“仅有一策，第恐平章不能用耳。主上非心黄屋，若急建青宫，开陈三圣家法，为揖逊之举，则皇子之怨，可变而为恩；而椒殿退居德寿，虽怨无能为矣。于是辅佐新君，涣然与海内更始，曩时诸贤，死者赠恤，生者召擢；

遣使聘贤，释怨请和，以安边境；优犒诸军，厚恤死士，除苛解慝，尽去军兴无名之赋，使百姓有更生之乐。然后选择名儒，逊以相位，乞身告老，为绿野之游，则易危为安，转祸为福，或者其庶乎？”平原犹豫不决，欲留其人，处以掌故。其人力辞，竟去。未几祸作。

【译文】

南宋韩侂胄任南海尉时，曾聘请一位儒士做他的宾客。这人很贤德，但两人分别后，就一直未通音讯。韩侂胄做了宰相后，经常思念他。有一天，这人忽然来拜访他，原来他在几年前就改名考中了进士。韩侂胄见了他很是高兴，待他的礼遇也格外优厚。一天他俩喝酒聊天直到深夜，韩侂胄屏退了左右侍从，靠近他悄声地问：“我滥充宰相之职，外界对我的议论如何？”那人叹息说：“阁下您的家族现在危险得就像层层堆叠起来的鸡蛋一样，还有什么可说的呢？”韩侂胄很惊愕地问他其中的缘故，他回答：“这不难了解啊！宫中立皇后，不是您的主意，皇后怨恨您。宫中立太子，不是您的主意，太子也怨恨您。贤人君子，从朱熹、彭龟年、赵汝愚以下，被斥贬流放及被杀害的，不可胜数，士大夫也怨恨您。现在与金人打仗，三军将士死伤惨重，孤儿寡妇哭声一

片，因此三军将士也怨恨您。边境的百姓因战争而遭掠夺和杀害，内地的人民因苛捐杂税而被折磨至死，所以全国上下的人民都怨恨您。集中这么多的怨恨，您怎么能承担得了？”韩侂胄闻言沉默了很久，说：“你有什么好办法指教我呢？”儒士再三推辞，后在韩侂胄不断追问下才说：“只有一种办法可解救您，只怕您不能采纳。当今皇上无意居皇位处理国政，如果趁机抓紧立太子，摆出三位先皇禅让的先例，请皇上让位给太子，那么太子对您就会由怨恨转为感激；而皇后退居德寿宫为皇太后，即使怨恨您也无能为力了。于是您就可以一心辅佐新君，一切从头开始，革弊立新。对从前的贤人君子，已死的给予抚恤，活着的请回来任职提升；同时派人聘请贤明之士，对外也要消除积怨，化干戈为玉帛，使边境安定下来；对三军将士大加犒劳，抚恤牺牲的官兵，废弃苛政，消除罪孽，免去各种名目的赋税，使全国百姓有新生的快乐。然后您再选择一位众望所归的儒士，把宰相之位让给他，自己请求告老还乡，颐养天年，这样您就可转危为安，变祸为福，或者还有希望吧。”韩侂胄听后犹豫不决，想把儒士留下来作为自己的顾问，可他坚决要告辞回去。不久，韩侂胄果然大祸临头。

万　二

【原文】

洪武初，嘉定安亭万二，元之遗民也，富甲一郡。尝有人自京回，问其何所见闻，其人曰："皇帝近日有诗曰：'百僚未起朕先起，百僚已睡朕未睡。不如江南富足翁，日高丈五犹披被。'"二叹曰："兆已萌矣！"即以家赀付托诸仆干掌之，买巨航，载妻子，泛游湖湘而去。不二年，江南大族以次籍没，独此人获令终。

【译文】

洪武初年，嘉定县安亭有个叫万二的，是元朝的遗民，富甲一方。有个人从京城回来，万二问他有什么见闻，那人说："皇帝近来做了一首诗：'百僚未起朕先起，百僚已睡朕未睡。不如江南富足翁，日高五丈犹披被。'"万二听了后，叹息说："已经有预兆了。"当即把家财托付给主事的仆人掌管，自己买了艘大船，带了妻子儿女，离开家乡，漫游湖湘去了。不到两年，江南富家大族都依次被没收财产，只有这人有好的结果。

子　贡

【原文】

鲁定公十五年正月，邾隐公来朝，子贡观焉。邾子执玉高，其容仰，公受玉卑，其容俯。子贡曰："以礼观之，二君皆有死亡焉。夫礼，死生存亡之体也，将左右、周旋、进退、俯仰，于是乎取之；朝、祀、丧、戎，于是乎观之。今正月相朝而皆不度，心已亡矣。嘉事不体，何以能久！高仰，骄也；卑俯，替也。骄近乱，替近疾。君为主，其先亡乎？"五月，公薨。孔子曰："赐不幸言而中，是使赐多言也。"

【译文】

鲁定公十五年正月，邾隐公前来朝见，子贡从旁观察两位国君的举动。邾隐公把宝玉高高地献上，抬头仰视；鲁定公把宝玉低低地接下来，垂头俯视。子贡说：“以礼来看两位国君的举动，他们都有死亡的迹象。礼，是象征生死存亡、兴旺衰微的根本，没有人不重视。因此，左右、周旋、进退、俯仰，都要符合礼数；朝会、祭祀、死丧、征战，也要依循礼法。现在两位国君是在正月里举行盛大朝会，而其举动竟然都不合礼数，可见他们的心里已经昏乱迷糊了。朝会都不合礼仪，怎能维持国运长久呢？高高地献玉，抬头仰视，这是骄傲的表现；低低地受玉，垂头俯视，这是衰弱的表现。骄傲，说明距离祸乱不远；衰弱，预兆将要发生疾病。鲁定公是主人，他恐怕要先死吧？”五月，鲁定公死。孔子说：“这次不幸被子贡说中了，恐怕会让他更成为一个轻言多话的人。”

范　蠡

【原文】

朱公居陶，生少子。少子壮，而朱公中男杀人，囚楚。朱公曰："杀人而死，职也。然吾闻'千金之子，不死于市'。"乃治千金装，将遣其少子往视之。长男固请行，不听。以公不遣长子而遣少弟，"是吾不肖"，欲自杀。其母强为言，公不得已，遣长子。为书遗故所善庄生，因语长子曰："至，则进千金于庄生所。听其所为，慎无与争事。"长男行，如父言。庄生曰："疾去毋留，即弟出，勿问所以然。"长男阳去，不过

庄生而私留楚贵人所。庄生故贫，然以廉直重，楚王以下皆师事之。朱公进金，未有意受也，欲事成后复归之以为信耳。而朱公长男不解其意，以为殊无短长。庄生以间入见楚王，言“某星某宿不利楚，独为德可除之”。王素信生，即使使封三钱之府。贵人惊告朱公长男曰：“王且赦。每赦，必封三钱之府。”长男以为赦，弟固当出，千金虚弃，乃复见庄生。生惊曰：“若不去耶？”长男曰：“固也。弟今且自赦，故辞去。”生知其意，令自入室取金去。庄生羞为儿子所卖，乃入见楚王曰：“王欲以修德禳星，乃道路喧传陶之富人朱公子杀人囚楚，其家多持金钱赂王左右，故王赦。非能恤楚国之众也，特以朱公子故。”王大怒，令论杀朱公子，明日下赦令。于是朱公长男竟持弟丧归。其母及邑人尽哀之，朱公独笑曰：“吾固知必杀其弟也。彼非不爱弟，顾少与我俱，见苦为生难，故重弃财。至如少弟者，生而见我富，乘坚策肥，岂知财所从来哉！吾遣少子，独为其能弃财也；而长者不能，卒以杀其弟。事之理也，无足怪者，吾日夜固以望其丧之来也！”

【评】朱公既有灼见，不宜移于妇言，所以改遣者，惧杀长子故也。“听其所为，勿与争事”，已明明道破，长子自不奉教耳。庄生纵横之才不下朱公，生人杀人，在其鼓掌。然宁负好友，而必欲伸气于孺子，何德宇之不宽也！
噫，其斯以为纵横之才也与！

【译文】

朱公住在陶地时，生下幼子。当幼子长大成人时，他的次子因为杀人被囚禁在楚国。朱公说："杀人者死，是常理，不过我听说'家富千金的人，就不该被在闹市行刑而暴尸街头'。"于是朱公准备千金，想派幼子去看看。这时，长子一再要去，朱公没有依从，长子因朱公不派他而派了他的小弟，认为自己是不肖之子，想自杀。他的母亲也坚决为他说话，朱公不得已只好派长子去，并写一封信让他带给自己过去的好友庄生。同时告诫长子说："你到了那里，把这千金送到庄生家，听他处理，切不可同他争论事情。"长子来到楚国之后，按父亲嘱咐的那样做。庄生对他说："你赶快离开这里，不要停留。即使你的弟弟出来了，也不必问原因。"长子听了佯装离去，偷偷地留在楚国的一个贵人家里。庄生原来家境贫寒，但以清廉耿直被人们所尊重，从楚王以下都用师礼待他。朱公送上的千金，庄生没有接受的意思，想事成之后再归还朱公，以表示诚信。而朱公长子不懂得这个意思，认为庄生没什么救人的办法。一天，庄生乘机进见楚王，说某某星宿不利于楚国，只有施仁政才可以消除它。楚王平素相信庄生，即派人封闭三钱之府。贵人惊异地告诉朱公长子说："楚王将要大赦了，每次大赦，必派人封闭三钱之府。"长子以为既然大赦，弟弟本来应该出来，送上的千金算是白白地丢掉了，于是又去见庄生。庄生惊讶地问道："你没有离开吗？"长子回答说："本来要走的，因我弟弟马上就要得到楚王的赦免了，所以特来向你辞行。"庄生明白了长子的来意，叫他自己到室内取回千金走了。庄生为自己被后生欺骗而感到羞辱，因而又去见楚王，说："大

王想用仁政去除灾星，但是，路人纷传陶地富人朱公的儿子因为杀人被囚禁在楚国，他家拿了很多金钱贿赂大王的左右，所以大王才下赦免令。并不是抚恤楚国的人民，只是因为朱公的儿子的缘故。”楚王大怒，命令依罪杀掉朱公儿子，第二天下达大赦的命令。于是，朱公长子载着弟弟的尸首回家。他的母亲以及同乡都感到悲伤，只有朱公笑笑说：“我本来就知道他要害死弟弟，并非是他不爱弟弟，他从小同我在一起，看到营治产业的艰难，因而看重要丢弃的钱财。至于他的小弟，生下来就看见我富有，乘坚车，骑肥马，怎能知道钱财来之不易呢？我派幼子，就是因为他能丢弃钱财，而长子不能做到这一点，结果害死了他的弟弟。这是事情的常理，不足为怪，我日夜所想的本来就是望他回家办理丧事。”

【评】朱公既然有灼见，就不应该听从妇人的话而改变主意，他所以改派长子，是因为惧怕长子自杀。“听从庄生处理，不要同他争论事情”，朱公已明明说破了，是长子自己不听父亲的教导。庄生纵横的才能，不在朱公之下，或让人活着，或把人杀掉，全操在他的手中。不过，宁肯背弃好友，而居然和一个小孩争一口气，为什么气量这样狭小呢？庄生之所以只具备纵横家的才能，原因也就在于此吧？

卜偃

【原文】

虢公败戎于桑田，晋卜偃曰："虢必亡矣，亡下阳不惧，而又有功，是天夺之鉴而益其疾也！必易晋而不抚其民矣，不可以五稔！"后五年，晋灭虢。

【译文】

虢公在桑田击败西戎之后，晋国的卜偃说："虢国一定会灭亡。虢公丢失都城下阳不感到恐惧，这次又建立战功，这是上天夺去了他的观察力而加重他的过失。从此他一定轻视晋国而不爱惜自己的百姓，不超过五年虢国一定灭亡。"五年后，晋国果然灭掉了虢国。

曹　操 四条

【原文】

何进与袁绍谋诛宦官，何太后不听，进乃召董卓，欲以兵胁太后。曹操闻而笑之，曰："阉竖之官，古今宜有，但世主不当假之以权宠，使至于此。既治其罪，当诛元恶，一狱吏足矣，何必纷纷召外将乎？欲尽诛之，事必宣露，吾见其败也！"卓未至而进见杀。

袁尚、袁熙奔辽东，尚有数千骑。初，辽东太守公孙康恃远不服，及操破乌丸，或说操遂征之，尚兄弟可擒也。操曰："吾方使康斩送尚、熙首来，不烦兵矣。"九月，操引兵自柳城还，康即斩尚、熙，传其首。诸将问其故，操曰："彼素畏尚等，吾急之则并力，缓之则相图，其势然也。"

曹公之东征也，议者惧军出，袁绍袭其后，进不得战而退失所据。公曰："绍性迟而多疑，来必不速。刘备新起，众心未附，急击之，必败。此存亡之机，不可失也。"卒东击备。田丰果说绍曰："虎方捕鹿，熊据其穴而啖其子，虎进不得鹿，而退不得其子。今操自征备，空国而去，将军长戟百万，胡骑千群，直指许都，捣其巢穴。百万之师自天而下，若举炎火以焦飞蓬，覆沧海而沃漂炭，有不消灭者哉！兵机变在斯须，军情捷于桴鼓。操闻，必舍备还许，我据其内，备攻其外，逆操之头必悬麾下矣！失此不图，操得归国，休兵息民，积谷养士。方今汉道陵迟，纲纪弛绝。而操以枭雄之资，乘跋扈之势，恣虎狼之欲，成篡逆之谋，虽百道攻击，不可图也！"绍辞以子疾，不许。丰举杖击地曰："夫遭此难遇之机，而以婴儿之故失其会，惜哉！"

【评】操明于翦备，而汉中之役，志盈得陇，纵备得蜀，不用司马懿、刘晔之计，何也？或者有天意焉？操既克张鲁，司马懿曰："刘备以诈力虏刘璋，蜀人未附。今破汉中，益州震动，因而压之，势必瓦解。"刘晔亦以为言，操不从。居七日，蜀降者言："蜀中一日数十惊，守将虽斩之而不能安也。"操问晔曰："今可击否？"晔曰："今已小定，未可犯矣。"操退，备遂并有汉中。

安定与羌胡密迩，太守毌丘兴将之官，公戒

之曰："羌胡欲与中国通，自当遣人来，慎勿遣人往！善人难得，必且教羌人妄有请求，因以自利，不从，便为失异俗意；从之则无益。"兴佯诺去，及抵郡，辄遣校尉范陵至羌，陵果教羌使自请为属国都尉。公笑曰："吾预知当尔，非圣也，但更事多耳！"

【译文】

何进和袁绍谋划诛杀宦官，何太后不接受他们的意见，何进就召董卓进京，想用武力胁迫太后。曹操听到之后，讥笑何进说："宦官从古至今都有，但皇上不应该给予他们权力和宠爱，使他们达到现在这种地步。既然要治他们的罪，应当杀掉首恶，这只需要一个狱吏就够了，何必召来外地将领呢？想全部杀掉他们，事情必然泄露。我已经预见到他的失败了。"董卓还没赶到京城，而何进已经被宦官杀害了。

袁绍在官渡被曹操打败后，袁尚、袁熙投奔辽东，手下还有几千人马。起初，辽东太守公孙康依仗他占据的地方远离中原而不服朝廷。等到曹操打败乌丸，有人劝曹操顺便征讨公孙康，袁尚兄弟也可以被擒拿。曹操说："我正要让公孙康斩下袁尚、袁熙的头送来，不需要用兵了。"同年九月，曹操率领军队从柳城回师，公孙康便杀了袁

尚、袁熙，并送来了他们的首级。众将领询问其中的缘故，曹操说：“公孙康素来畏惧袁尚等人，我若急于去讨伐他，他就会同袁尚、袁熙合力抵抗，我缓一步，他们就要相互图谋，这是形势的必然。”

曹操东征刘备，参加议事的人担心军队出征之后，袁绍要来袭击他们的后方，结果进不能作战，退又失去自己所占据的地方。曹操说：“袁绍为人料事迟缓而多疑，不会迅速袭击我们。刘备刚刚崛起，众心还没有归附，急速进攻他，他必然失败。这是存亡的关键时刻，不可以失掉战机。”于是立即东征攻打刘备。田丰果然对袁绍说：“老虎正在捕捉鹿，熊占据了它的巢穴，并且吃掉它的儿子。老虎进不能捉到鹿，退不能得到它的儿子。现在曹操亲自率领军队征讨刘备，国内空虚。将军步兵百万，骑兵千群，直接攻打许昌，捣毁曹操的巢穴，百万雄师从天而降，好像举烈火烧蓬草，倾海水来浇炭火，有能不被消灭的吗？用兵的机宜变化就在须臾之间，胜利的取得在于应变的迅速。曹操听到许昌被我们攻下了，必定丢开刘备返回攻打许昌。我军占据城内，刘备率军在城外进攻，叛贼曹操的头颅，必然悬挂在将军您的军旗之下了。如果失掉了这个机会，曹操得以回国，休养生息，积蓄粮食，培育人才。现在汉运衰败，纲纪松弛，而曹操凭借自己骁悍雄杰的本性，应用他专权跋扈的势力，放纵他那虎狼一样的欲望，酿成篡权叛逆的阴谋，到那个时候，即使百万兵马攻打他，也是无法取胜的。”袁绍因为儿子有病而推辞，不肯出兵。田丰用手杖敲打着地面叹道：“遇到这样难得的机会，却因为小孩子的缘故而失去了，真可惜啊！”

【评】曹操明白得天下，一定要消灭刘备。但是汉中一战，他踌躇满志取得陇西，却放刘备去取蜀地，不用司马懿、刘晔的计策，这是为什么呢？或者是天意吧！曹操已经打败了张鲁，司马懿说：“刘备用欺诈的手段俘获了刘璋，蜀人还没有归附他。现在攻下汉中，益州受到震动，趁势进攻，刘备必然瓦解。”刘晔也这样说，曹操没有听从他们的话。过了七天，蜀地投降的人说：“蜀中的人一天要惊扰数十次，守将虽然杀掉他们，但是还不能安定。”曹操问刘晔说：“现在可以攻打吗？”刘晔说：“现在已经基本安定，不可以轻举妄动了。”曹操退回许昌，刘备于是兼并了汉中。

安定郡同羌人接近，太守毌丘兴将去上任，曹操告诫他说：“羌人想与中原往来，他们自己应当派人来，你千万不要派人前往。好的人选难得，你派去的人必定会教羌人提出不合理的请求，从而使自己获得利益。不依从他们的请求，便让外族人感到不满；依从他们，则没有好处。”毌丘兴假装许诺走了。到了安定，毌丘兴派校尉范陵去羌人那里。范陵果然教唆羌人出面请求让他做属国都尉。曹操笑着说：“我事先就知道会是这样的，我不是圣人，只是经历的事情多罢了！”

寇 准

【原文】

楚王元佐，太宗长子也，因申救廷美不获，遂感心疾，习为残忍；左右微过，辄弯弓射之。帝屡诲不悛。重阳，帝宴诸王。元佐以病新起，不得预，中夜发愤，遂闭媵妾，纵火焚宫。帝怒，欲废之。会寇准通判郓州，得召见。太宗谓曰："卿试与朕决一事，东宫所为不法，他日必为桀、纣之行。欲废之，则宫中亦有甲兵，恐因而招乱。"准曰："请某月日，令东宫于某处摄行礼，其左右侍从皆令从之。陛下搜其宫中，果有不法之事，俟还而示之；废太子，一黄门力耳。"太宗从其策。及东宫出，得淫刑之器，有剜目、挑筋、摘舌等物。还而示之，东宫服罪，遂废之。

【评】搜其宫中，如无不法之事，东宫之位如故矣。不然，亦使心服无冤耳。江充、李林甫，岂可共商此事？

【译文】

楚王元佐是宋太宗的长子，由于营救赵廷美没有成功，于是得了心病，行为变得残忍，身边侍候的人稍稍有点过失，他就用箭射杀。太宗多次训诲也未见好转。重阳节那天，太宗设宴招待众王，元佐因为大病初愈，不得参与，到了半夜，发泄愤懑，竟把妻妾们关起来，纵火焚烧宫室。太宗大怒，想把元佐废掉，另立太子。正巧寇准去郓州做通判，受到太宗召见。太宗对寇准说："你试着为朕决断一件事情，太子的所作所为太没规矩了，日后必定有夏桀、商纣一样的行为。朕想废掉他，但东宫也有武装，恐怕会因此而招致动乱。"寇准说："请陛下在某月某日命令太子代您主持某项典礼，并命令他的左右侍从全部跟随。然后陛下派人在东宫仔细搜查，果真有不法的事情，等太子回来拿给他看，废除他，到那时只需一个太监的力量就解决了。"太宗接受了寇准的计策。等到太子外出，从他的宫中搜到许多滥用的刑具，有剜目、挑筋、摘舌等刑具。太子回宫后，太宗把这些东西拿给他看，太子认罪，接着就被废黜了。

【评】搜查元佐宫室，如果没有犯法的事情，东宫的地位依然如故。不然，也能使他心服不觉冤屈。江充、李林甫之流，难道可以共商此事吗？

王商　王曾

【原文】

汉成帝建始中，关内大雨四十余日。京师民无故相惊，言“大水至”。百姓奔走相蹂躏，老弱号呼，长安中大乱。大将军王凤以为太后与上及后宫可御船，令吏民上城以避水。群臣皆从凤议，右将军王商独曰：“自古无道之国，水犹不冒城郭，今何因当有大水一日暴至？此必讹言也，不宜令上城，重惊百姓。”上乃止。有顷稍定，问之，果讹言，于是美商之固守。

天圣中尝大雨，传言汴口决，水且大至。都

人恐，欲东奔。帝以问王曾，曾曰："河决，奏未至，必讹言耳。不足虑！"已而果然。

【评】嘉靖间，东南倭乱，苏城戒严。忽传寇从西来，已过浒墅。太守率众登城，急令闭门。乡民避寇者万数，腾踊门外，号呼震天。任同知环愤然曰："未见寇而先弃良民，谓牧守何！有事，环请当之！"乃分遣县僚洞开六门，纳百姓，而自仗剑帅兵，坐接官亭以遏西路。乡民毕入，良久，而倭始至，所全活甚众。吴民至今尸祝之。

又万历戊午间，无锡某乡构台作戏娱神。有哄于台者，优人不脱衣，仓皇趋避。观戏者亦雨散，口中戏云："倭子至矣！"此语须臾传遍，且云"亲见锦衣倭贼"。由是城门昼闭，城外人填涌，践踏死者近百人，迨夜始定。此虽近妖，亦有司不练事之过也。大抵兵火之际，但当远其侦探，虽寇果临城，犹当静以镇之，使人心不乱，而后可以议战守；若讹言，又当直以理却之矣。

开元初，民间讹言"上采女子以充掖庭"。上闻之，令选后宫无用者，载还其家。讹言乃息。语曰："止谤莫如自修。"此又善于止讹者。天启初，吴中讹言"中官来采绣女"，民间若狂，一时婚嫁殆尽。此皆恶少无妻者之所为，有司不加禁缉，男女之失所者多矣。

【译文】

汉成帝建始年间，关内连续下了四十多天大雨。京城的百姓无缘无故地互相惊扰，都说大水要来了。老百姓拼命逃奔，相互践踏，老人小孩大呼小叫，长安城内一片混乱。大将军王凤提议太后和皇帝以及后宫里的人立刻登船，再命令官吏和百姓都上城墙，以此来躲避大水。朝廷众臣都赞同王凤的主张，只有右将军王商说："自古以来，无道的国家，大水尚且不能淹没城郭，现在为什么会有大水一天之内突然到来呢？这必定是谣言，不宜下令上城，增加百姓的惊慌。"成帝于是没有下诏。过了一会儿，城里的秩序逐渐安定下来，派人问明情况，果真是谣言。于是成帝称赞王商遇事能够始终保持沉着冷静。

宋仁宗天圣年间，曾经下过一次大雨，传说汴河决了口，大水即将到达汴京城里，都城的人们惊恐万状，想往东逃奔。仁宗因此问王曾，王曾说："汴河决口，还没有见到奏章，这必定是谣言，不足以忧虑。"不久情况就弄清了，果然是谣言。

【评】嘉靖年间，东南一带遭到了倭寇的骚扰，苏州城里警戒严密。忽然传说倭寇从西边来了，已经过了浒墅关。太守率领士兵登上城头，急忙命令关闭城门。附近乡里躲避倭寇的百姓数以万计，都涌到城门的外面，哭喊之声，震动天地。同知任环愤慨地说："还没看见倭寇，就先丢下善良的百姓，还能算是州郡的长官吗？有事情的话，我任环请求担当。"于是，任环分派县衙官吏，打开六个城门，让百姓进城，自己手持宝剑带领士兵，坐在接官亭准备抵抗西路来犯的倭寇。乡里百姓全部进城以后，过了很久，倭寇才赶到城下。任环救活的人很多，所以吴地的百姓直到现在还祭奠他。

另外，万历戊午年间，无锡某乡搭台唱戏，娱情取乐。有人在台上喧闹起哄，唱戏的人没有脱下戏服，就仓皇散去。看戏的人也纷纷散去，有人戏称："倭寇来了！"这话在片刻之间就传遍乡里，又传说有人"亲眼看见穿锦衣的倭寇"。因此，城门在白天就关闭了，城外的人不断涌到城下，被踩死的人将近一百，直到夜里才安定下来。这件事虽然离奇，但也是官吏没有处事经验的过错。大抵战争期间，应当派人到远地侦察，即使敌寇果真兵临城下，也应该冷静应对，使人心不乱，而后可以讨论或战或守。如是谣言，那就应立即辟谣，澄清事实。

唐玄宗开元初年，民间谣传皇帝将选择美女来补充后宫。玄宗听到这些话，就命令太监找出后宫中多余的宫女用车子送她们回家，谣言于是停息。俗话说："制止别人指责，不如自己修正错误。"这是善于制止谣言的人。明熹宗天启初年，苏州谣传"宦官要来选绣女"，于是百姓好像发了疯似的嫁娶，一时间婚嫁成风。这都是品行恶劣没有妻室的人所干的事，官吏不加以禁止和追查，使许多婚嫁失当了。

西门豹

【原文】

魏文侯时，西门豹为邺令，会长老问民疾苦。长老曰："苦为河伯娶妇。"豹问其故，对曰："邺三老、廷掾常岁赋民钱数百万，用二三十万为河伯娶妇，与祝巫共分其余。当其时，巫行视人家女好者，云'是当为河伯妇'，即令洗沐，易新衣。治斋宫于河上，设绛帷床席，居女其中。卜日，浮之河，行数十里乃灭。俗语曰：'即不为河伯娶妇，水来漂溺。'人家多持女远窜，故城中益空。"豹曰："及此时，幸来告，吾亦欲往送。"

至期，豹往会之河上。三老、官属、豪长者、里长、父老皆会，聚观者数千人。其大巫，老女子也，女弟子十人从其后。豹曰："呼河伯妇来！"既见，顾谓三老、巫祝、父老曰："是女不佳，烦大巫妪为入报河伯，更求好女，后日送之。"即使吏卒共抱大巫妪投之河。有顷，曰："妪何久也？弟子趣之！"复投弟子一人河中。有顷，曰："弟子何久也？"复使一人趣之，凡投三弟子。豹曰："是皆女子，不能白事。烦三老为入白之。”复投三老。豹簪笔磬折，向河立待良久，旁观者皆惊恐。豹顾曰：“巫妪、三老不还报，奈何？”复欲使廷掾与豪长者一人入趣之。皆叩头流血，色如死灰。豹曰：“且俟须臾。”须臾，豹曰：“廷掾起矣！河伯不娶妇也！”邺吏民大惊恐，自是不敢复言河伯娶妇。

【评】娶妇以免溺，题目甚大。愚民相安于惑也久矣，直斥其妄，人必不信。唯身自往会，簪笔磬折，使众著于河伯之无灵，而向之行诈者计穷于畏死，虽驱之娶妇，犹不为也，然后弊可永革。

【译文】

战国魏文侯时，西门豹担任邺县县令，会见地方父老乡亲，询问百姓有什么疾苦。乡亲们说：“百姓遭受的痛苦，是为河神娶媳妇。”西门豹询问其中的原因，乡亲们回答说：“邺县的三老、廷掾每年向百姓征收赋税几百万钱，要用二三十万钱去替河神娶媳妇，剩下的钱，他们就与祝巫分掉了。每当到了为河神娶亲的日子，祝巫就出来到处寻找，看到人家有漂亮的姑娘，说是应该给河神做媳妇，就让她洗头洗澡，更换新衣，在河岸上设立斋戒用的房子，挂上红色的帐幕，床上铺好席子，让姑娘

坐在中间。然后占卜吉日，把床浮在水面上，漂行几十里就沉到水里。民间传说：‘如果不给河神娶媳妇，大水来了，人就要被冲走淹死。’所以这里的人家大多数都带着女儿逃到远方去了。因此城中的人也越来越少了。”西门豹说：“等到给河神娶媳妇的时候，希望你们来告诉我，我也想去送送亲。”

河神娶亲的那一天，西门豹来到河边上。地方上的三老、官吏、豪强、里长、百姓们都赶到这里，围观者有几千人。那个大巫婆是个老妇人，有十个女弟子跟在她的后面。西门豹说：“叫河神的新娘子到我这儿来。”西门豹一见河神的媳妇，回头对三老、祝巫、乡亲说：“这姑娘不好看，有劳老巫婆替我报告河神，另外找个漂亮的姑娘，后天送给他。”立即派衙役抱起老巫婆投到河里。过了一会儿，西门豹又说：“老巫婆为何这么久了还不回来？派一个她的弟子去催促她。”又将一个弟子投入河中。又过了一会儿，西门豹说：“那个弟子为何这么久了还不回来？”又派一个人下河去催促她。总共投了三个弟子到河中。西门豹说：“去的都是女子，不能把情况说清楚，麻烦三老到河中去说明这事。”又把三老投到河里。西门豹假装恭恭敬敬地站在河边等候，等了好久，旁观的人都感到又惊又怕。西门豹回头看看大家，说：“老巫婆、三老还不回来报告，怎么办呢？”又想派廷掾和豪强再到河里去催促，这些人都跪在地上磕头，把头都磕破了，血流满地，面如死灰。西门豹说："暂且等候片刻。"过了一会儿，西门豹又说："廷掾都起来吧，河神不娶老婆了。"邺县的官吏、百姓都非常害怕，从此以后，谁也不敢再说为河神娶媳妇了。

【评】替河神娶媳妇可免除水患，是件大事，愚民为了生活安稳而受这种欺骗也已经太久了。如果西门豹直接斥责这种事的荒诞，人们必定不信。只有亲自到现场，让众人在事实面前明白河神并没有威灵，使那些进行诈骗的人计穷而怕死，即使催他们替河神娶媳妇，他们也不敢干了。这样，弊害才可以永远消除。

李　悝

【原文】

李悝谓文侯曰："善平籴者，必谨观岁：有上、中、下熟。上熟其收自四，余四百石；中熟自三，余三百石；下熟自一，余百石；小饥则收百石，中饥七十石，大饥三十石。故上熟则上籴三而舍一，中熟则籴二，下熟则籴一。使民适足，价平则止。小饥则发小熟之所敛，中饥则发中熟之所敛，大饥则发大熟之所敛而粜。故虽遭饥馑水旱，籴不贵而民不散，取有余而补不足也。"行之魏国，国以富强。

【评】此为常平义仓之祖，后世腐儒乃以尽地力罪悝。夫不尽地力，而尽民力乎？无怪乎讳富强，而实亦不能富强也。

【译文】

战国时，李悝对魏文侯说："善于稳定粮食收购价格的人，必定要谨慎地观察年景：丰年的粮食收成可以分为上、中、下三等。上等收成，百姓所收的粮食，是一般年景的四倍，除吃、用外，还可剩余四百石；中等收成，所收的粮食是一般年景的三倍，可剩余三百石；下等收成，所收的粮食是一般年景的一倍，可剩余一百石。小歉收百姓收粮食一百石，中等歉收可收七十石，大灾之年只能收三十石。所以上等收成的年景，官府就收购百姓余粮三百石，留给百姓一百石；中等收成的年景就收购二百石；下等收成的年景，就收购一百石。让百姓正好有足够的粮食，价格正常就行了。小的灾荒，就把下等收成时收购的粮食拿出来补充百姓；中等灾荒，就把中等收成时收购的粮食拿来补充百姓；大的灾荒，就把上等收成时收购的粮食拿来补充百姓。这样，即使遭受水旱灾害，百姓买进的粮食价格不贵，因而也就不会逃散。这是拿丰年剩余的粮食来补充灾年的不足。"这种措施在魏国实行，魏国因而富强起来。

【评】这就是常平义仓的始祖。后世那些迂腐儒生，竟用"尽地力"来责怪李悝。其实，不用尽地力，难道要用尽人力吗？难怪这类人总是避谈民富国强，这是因为他们实在无能力使民富国强。

陶　侃

【原文】

陶侃性俭厉，勤于事。作荆州时，敕船官悉录锯木屑，不限多少。咸不解此意。后正会，值积雪始晴，厅事前除雪后犹湿，于是悉用木屑覆之，都无所妨。官用竹，皆令录厚头，积之如山。后桓宣武伐蜀，装船悉以作钉。又尝发所在竹篙，有一官长，连根取之，仍当足，公即超两阶用之。

【译文】

陶侃生性节俭、严厉认真，凡事能尽职尽责。他在任荆州刺史的时候，嘱咐船官把锯木屑不论数量多少，全部收集起来。大家都不理解他的意图。后来在正月初一那天，遇到连天飞雪刚刚转晴，议事厅堂前面的台阶上积雪除去后还很潮湿，于是用木屑撒在上面，这样行走时就没有妨碍。官府使用竹子，陶侃总是命令把截掉的竹子根部收集好，结果堆积如山。后来桓温征伐蜀地，需要装备战船，这些竹根全部用来作钉子。又有一次，陶侃曾经在管区内征调竹篙，有一个官吏，把竹子连根拿来当作竹篙（因为根很坚硬可以代替竹篙的铁头）。陶侃立即将他提升两级任用。

苏州堤

【原文】

苏州至昆山县凡七十里，皆浅水，无陆途。民颇病涉，久欲为长堤，而泽国艰于取土。嘉祐中，人有献计：就水中以蘧除刍藁为墙，栽两行，相去三尺；去墙六尺，又为一墙，亦如此；漉水中淤泥，实蘧除中，候干，则以水车沃去两墙间之旧水，墙间六尺皆土，留其半以为堤脚，掘其半为渠，取土为堤；每三四里则为一桥，以通南北之水。不日堤成，遂为永利。

【译文】

从苏州到昆山县共有七十里，一路上都是浅水滩，没有陆路可行。

百姓们颇感行路难，一直想修筑一条长堤，但是沼泽遍布的地区又很难取土。宋仁宗嘉祐年间，有人出了个主意：就在水中用芦荻干草做墙，并排修两行，两行相隔三尺；离墙六尺，再修一道墙，做法和前两墙相同。从水中捞出淤泥，塞在干草篷中，等干了以后，就用水车把两墙之间的水抽干。两道墙之间的六尺地全露出了土，留下一半当堤基，在另一半里深挖土，修成一条人工河渠，再把挖渠取得的土堆放在堤基上，修筑一条长堤。每隔三四里就修一座桥，使南北的水可以流通。没过多久，堤就修好了，百姓们从此得到永久的便利。

分将

【原文】

范仲淹知延州。先是，总官领边兵万人，钤辖领五千人，都监领三千人，寇出，则官卑者先出御。仲淹曰："将不择人，以官为次第，败道也！"乃大阅州兵，得万八千人，分六将领之，将各三千，分部训练，使量贼多寡，更番出御。

【评】梅少司马客生疏云："古之诏爵也以功，今之叙功也以爵。"二语极切时弊。夫临阵，则卑者居先；叙功，又卑者居后。是直以性命媚人耳，宜志士之裹足而不出也！分将迭出之议固当，吾谓论功尤当专叙汗马，而毋轻冒帷幄，则豪杰之气平，而功名之士知奋矣！

【译文】

范仲淹做延州知府。原来这里总管统领边境士兵一万人，钤辖统领五千人，都监统领三千人，每当敌寇到来时，便由官职小的先带兵出去抵抗。范仲淹说："将领不选择贤能的人，按照官职大小作为次序，这是失败之道。"于是，范仲淹在延州举行了一次大规模的军事检阅，得到精兵一万八千人，分派六位将领统率他们，每位将领带兵三千人，分部训练。一旦敌寇入侵，根据敌人的多少，派六位将领轮番带兵迎敌。

【评】少司马梅国桢（字克生）上疏说："古时候封赏爵位按照功劳，现在评论功劳却按照爵位。"这两句话切中时弊。临敌作战时，官职小的在先；论功行赏时，官职小的却在后面。这等于是拿职位低者的性命来讨好职位高者，使豪杰们不会奋力进取。分派将领轮流带兵出击的建议固然很对，我认为论功更应当专门表彰第一线的士卒，而不要轻易嘉奖身边的人，那么英雄豪杰们就会气顺，而想获得功名的人也就知道奋力进取了。

李　纲 二条

【原文】

纲疏经略两河大要云：河北、河东，国之藩蔽也。料理稍就，然后中原可保，而东南可安。今河东所失者，忻、代、太原、泽、潞、汾、晋，余郡尚存也。河北所失者，不过真定、怀、卫、濬四州而已，其余三十余郡，皆为朝廷守。两路士民兵将，戴宋甚坚，皆推豪杰以为首领，多者数万，少亦不下万人。朝廷不因此时置司遣使，以大抚慰而援其危，臣恐粮尽力疲，危迫无告，愤怨必生，金人因得抚而用之，皆精兵也。莫若于河北置招抚司，河东置经制司，择有材略如张所、傅亮者为之，使宣谕天子不忍弃两河于敌国之意，有能全一州复一郡者，即如唐藩镇之制，使自为守。如此，则不唯绝其从敌之心，又可资其御敌之力，最今日先务。

李纲当金人围城死守时，有京师不逞之徒乘机杀伤内侍，取其金帛，而以所藏器甲弓剑纳官请功。纲命集守御使司，以次纳讫，凡二十余人，各言姓名，皆斩之，并斩杀伤部队将者二十余人，及盗衲袄者、强取妇人绢一匹者，妄

斫伤平民者，皆即以徇。故外有强敌月余日，而城中窃盗无有也。

【译文】

宋代李纲曾上疏论述经营两河的大致方略说：“河北、河东，是国家的屏障，整顿好了，然后中原才可以保住，东南一带也就获得了安定。现在河东所失去的有忻、代、太原、泽、潞、汾、晋，其余的都还在；河北所失去的，不过是真定、怀、卫、濬四州而已。剩下的三十多郡，都为朝廷所有。两路的士民兵将拥戴我朝，非常坚定，都推举豪杰作为他们的首领，多的有几万人，少的也不下一万人。朝廷不趁此设立机构，派遣使者，给他们以最大的抚慰，援救他们的危急，我恐怕他们在粮食完了，兵力疲惫，危急迫近而又无援助时，必然对我朝产生愤怒、怨恨，金人若趁机安抚并利用他们，那就成了敌人的精兵了。不如在河北设立招抚司，河东设立经制司，选择像张所、傅亮那样有才能的人任职，由他们来宣讲天子不忍放弃两河给敌国的心意。凡是有人能保全一州收复一郡，就按照唐代藩镇的制度，让他自己做守官。如果这样，那不仅断绝了他们归顺敌人之心，又可以借助他们的力量抵御敌人，这是当今的急务。”

金兵围攻汴京，李纲率兵死守。这时，京城有人乘机杀伤内

侍，夺走其金钱丝帛，并把私藏的兵器交纳到官府，邀功请赏。李纲命令召集守御使司，按照次序接纳完了，总共二十多人，各人说出姓名，全部杀掉。并斩掉了杀伤部队将领的二十多人。至于偷窃衲袄的，强行夺走妇女一匹丝帛的，任意砍伤平民百姓的，都立即处死。所以城外虽有强敌围困一个多月，而城中却没有盗窃发生。

边郎中

【原文】

开封屠子胡妇，行素不洁，夫及舅姑日加箠骂。一日出汲不归，胡诉之官。适安业坊申有妇尸在眢井中者，官司召胡认之，曰："吾妇一足无小指，此尸指全，非也。"妇父素恨胡，乃抚尸哭曰："此吾女也！久失爱于舅姑，是必挞死，投井中以逃罪耳！"时天暑，经二三日，尸已溃，有司权瘗城下。下胡狱，不胜掠治，遂诬服。宋法：岁遣使审覆诸路刑狱。是岁，刑部郎中边某一视成案，即知冤滥，曰："是妇必不死！"宣抚使安文玉执不肯改，乃令人遍阅城门所揭诸人捕亡文字，中有贾胡逃婢一人，其物色与尸同，所寓正眢井处也，贾胡已他适矣。于是使人监故瘗尸者，令起原尸。瘗者出曹门，涉河东岸，指一新冢曰："此是也。"发之，乃一男子尸。边曰："埋时盛夏，河水方涨。此辈病涉，弃尸水中矣。男子以青�总发，必江淮新子无疑。"讯之果然。安心知其冤，犹以未获逃妇，不肯释。会开封故吏除洺州，一仆于逆妓中得胡氏妇，问之，乃出汲时淫奔于人，转娼家，其事乃白。

【译文】

开封城内胡姓屠户的妻子，素来不守妇道，丈夫和公婆时常打骂她。一天她去井边打水，去了之后再没回家，胡屠户告到官府。正巧安业坊中有个妇女死在枯井里，官府便召他来辨认死尸。胡屠户说："我的妻子有只脚没有小趾头，这个死尸脚趾是全的，不是我的妻子。"胡屠户妻子的父亲一直就很怨恨这个女婿，于是抚着尸体痛哭，说："这就是我的女儿！她一直得不到公婆的怜爱，一定是被他们打死后，投到井里想逃脱罪责。"当时天气炎热，过了两三天，尸体已经腐烂，官府派人暂且把尸体埋在城外。把胡屠户关进监狱，他受不了严刑拷打，只得含冤服罪。宋朝法律有个规定，每年朝廷要派使臣覆审各路的刑事案件。这一年，刑部郎中边某审查胡屠户的案子，一眼就看出此案是冤案，说："这个妇人必定没有死。"可是宣抚使安文玉执意不肯更正。边郎中于是派人去察看这个城门所张贴的追捕逃亡人口的告示，发现有个商人家里逃走了一个婢女，那个婢女的身材容貌与女尸相同，商

人家正住在枯井附近，而那个商人已到外地去了。于是派人找来原来埋尸的人，命令挖出原尸。埋尸的人走出曹门，趟水到了河的东岸，指着一座新坟说："就是这座坟。"打开坟墓，竟是一个男人的尸体。边郎中说："那具女尸在埋的时候正当盛夏，河水正在上涨，这个埋尸的人害怕趟水过河，就把尸体投到水中了。这具男尸用青布裹头，必定是江淮之间青年男子。"询问埋尸者，果真是这样。安文玉心里知道胡屠户受了冤枉，还是以没有找到他的妻子为理由，不肯把胡屠户释放。正好遇上开封的一名官员去洺州上任，他的一个仆人在迎客的妓女中看到胡屠户的妻子，经过询问，原来她在外出打水的时候和别人私奔了，后来流落娼院。胡屠户冤案这才得到昭雪。

高子业

【原文】

高子业初任代州守，有诸生江槔与邻人争宅址，将哄，阴刃族人江孜等，匿二尸图诬邻人。邻人知，不敢哄，全畀以宅，槔埋尸室中。数年，槔兄千户楫枉杀其妻，槔嗾妻家讼楫，并诬楫杀孜事，楫拷死，无后，与弟椝重袭楫职。讼上监司台，付子业再鞫。业问槔以孜等尸所在，槔对曰："楫杀孜埋尸其室，不知所在。"曰："楫何事杀孜？"槔愕然，对曰："为槔争宅址。"曰："尔与同宅居乎？"对曰："异居。"曰："为尔争宅址，杀人埋尸己室，有斯理乎？"问吏曰："搜尸槔室否？"对曰："未也。"乃命搜槔室，掘地得二尸于槔居所，刃迹宛然。槔服罪。州人曰：

"十年冤狱，一旦得雪！"

州豪吴世杰诬族人吴世江奸盗，拷掠死二十余命。世江更数冬不死，子业覆狱牍，问曰："盗赃布裙一，谷数斛，世江有田若庐，富而行劫，何也？"世杰曰："贼饵色。"即呼奸妇问之曰："盗奸若何？"对曰："奸也。""何时？"曰："夜。"曰："夜奸何得识贼名？"对曰："世杰教我贼名。"世杰遂伏诬杀人罪。

【译文】

明朝高叔嗣（字子业）初任代州太守时，有个秀才江槔和邻居争夺住屋，几乎要发生争斗。江槔暗中杀死同族人江孜等两人，把他们的尸体藏起来，企图诬陷邻居。邻居知道他的阴谋，不敢再争吵下去，就把住宅全让给江槔，江槔就将尸体埋在房子里。几年后，江槔当千户长的哥哥江楫无故杀了他的妻子，江槔就唆使死者家人去告江楫的状，并且诬陷他曾杀了江孜二人。为此，江楫被官府拷打致死。因江楫没有儿子，就由弟弟江槃承袭了江楫的职务。讼案上诉到监司台，监司台就把这个案子交给高叔嗣再审。高叔嗣问江槔，江孜二人的尸首现在什么地方。江槔回答说："江楫杀了江孜他们之后，把尸体

埋在他们家了，但具体地方却不知道。”高叔嗣问：“江楫是因为什么把他们二人杀掉的？”江槔愣了一下回答道：“是为了帮我争夺住屋。”高叔嗣又问：“你跟江楫住在一起吗？”江槔说：“不住在一起。”高叔嗣说：“为你争夺而杀人，又把尸首埋在自己的屋里，有这样的道理吗？”接着他又询问手下僚属：“你们去江槔的住处搜查过尸体吗？”他们回答说没有。高叔嗣下令搜查江槔的屋子，挖开他家地面后，就发现了江孜两人的尸首，尸首上刀砍的痕迹还很清楚。江槔只得认罪。代州的老百姓说：“十年的冤案，一个早晨就得到昭雪！”

代州的豪强吴世杰曾诬陷他的同族人吴世江奸淫抢劫，为此有二十多人被官府拷打致死，而吴世江则几年都没事。高叔嗣重新审查该案卷宗，把吴世杰召来问道：“吴世江抢劫的赃物只有一条布裙和几十斗谷子，而他既有田产又有房产，这样富有还去偷这点小东西，是什么缘故呢？”吴世杰说：“他贪图美色。”高叔嗣即传讯被奸污的妇女，问道：“吴世江是抢劫你，还是强奸你？”妇女回答：“强奸。”“什么时候？”回答：“晚上。”高叔嗣说：“既然是夜里，你怎知道他就是吴世江？”妇女回答说：“是吴世杰教我说是吴世江的。”于是真相大白，吴世杰不得不承认自己犯了诬告杀人罪。

藏　金

【原文】

李汧公勉镇凤翔，有属邑耕夫得马蹄金一瓮，送于县宰。宰虑公藏之守不严，置于私室。信宿视之，皆土块耳。瓮金出土之际，乡社悉来观验，遽有变更，莫不骇异，以闻于府。宰不能自明，遂以易金诬服；虽词款具存，莫穷隐用之所，以案上闻。汧公览之甚怒。俄有筵宴，语及斯事，咸共惊异。时袁相国滋在幕中，俯首无所答。汧公诘之，袁曰："某疑此事有枉耳。"汧公曰："当有所见，非判官莫探情伪。"袁曰："诺。"俾移狱府中，阅瓮间，得二百五十余块，遂于列肆索金溶泻与块相等，始称其半，已及三百斤。询其负担人力，乃二农夫以竹担舁至县。计其金数非二人所担可举，明其在路时金已化为土矣。于是群情大豁，宰获清雪。

【译文】

唐朝李勉镇守凤翔时，该地有个农夫得到一瓮马蹄金，送到县令那里。县令担心公家保管不严，于是就放在自己的家里。过了两夜，县令去看马蹄金，都成了土块。这一瓮马蹄金出土的时候，有关方面都验证过。现在忽然都变成了土块，人们没有不感到惊讶的，县令把这件事报告郡府。由于县令自己也无法把事情说清楚，于是他以偷换马蹄金而被诬枉问罪。虽然供词有了，但查不出他藏金的地方或使用的出处，只好把这个案子上报朝廷。李勉看到案卷后非常愤怒。不久，李勉有个宴会，在席上说到了这件事，大臣们都感到惊异。当时袁滋任李勉幕僚，他低着头没有说话。李勉问他，袁滋说："我怀疑这个案子有冤屈。"李勉说："你一定有高见，除了你没有人能够探出这个案子的真情。"袁滋接受后，便把此案转到府里来。经查看，瓮子里装了二百五十多块土块。于是，在店铺取来黄金，把它熔化，再烧成与那些马蹄金同样大小的金块，才称了其中的一半，已达到三百斤。询问那天送马蹄金的人力，只有两个农夫用竹扁担抬到县里。计算那金子的数量，不是两个人所能抬动的，明明在路上的时候，金子已被换成土块了。于是，大家才明白过来，县令也得到了昭雪。

张齐贤

【原文】

戚里有分财不均者，更相讼。齐贤曰："是非台府所能决，臣请自治之。"齐贤坐相府，召讼者问曰："汝非以彼分财多、汝分少乎？"曰："然。"具款，乃召两吏，令甲家入乙舍，乙家入甲舍，货财无得动，分书则交易。明日奏闻，上曰："朕固知非君不能定也！"

【译文】

北宋时，有两户外戚家因分财不均，都告到皇上那里。张齐贤说："这不是官府所能决断的，我请求由我自己来处理。"齐贤坐在相府里，召来告状的两家人，问道："你们是不是都认为对方分得的财产多，而自己分得的少呢？"两家的人回答："是的。"张齐贤要他们签署凭证，然后召来两名官员监督执行，命令甲家的人搬到乙家，乙家的人搬到甲家，两家的财物都不要动，然后分别交换财产清单。第二天上奏朝廷，皇帝说："我早就知道没有你是不能平息这件事的。"

杖羊皮　杖蒲团

【原文】

魏李惠为雍州刺史，有负薪、负盐者同弛担憩树阴，将行，争一羊皮，各言藉背之物。惠曰："此甚易辨！"乃令置羊皮于席上，以杖击之，盐屑出焉。负薪者乃服罪。

江浙省游平章显沿，为政清明。有城中银店失一蒲团，后于邻家认得，邻不服，争詈不置。游行马至，问其故，叹曰："一蒲团直几何，失两家之好！杖蒲团七十，弃之可也！"及杖，得银星，遂罪其邻。

【译文】

北魏李惠做雍州刺史时，有挑柴和挑盐的两个人，一起放下担子在树荫下休息。起身走的时候，两个人为一张羊皮而争夺，都说是自己作为垫肩用的。两人来到官府，说明情由后，李惠说："这很好区别。"就命令把羊皮放在一张席子上，用木杖敲打，盐屑出来了，于是挑柴的人承认了罪错。

元代江浙省平章游显沿，处理事情既公正又有条理。城里有一家银店丢了一只蒲团，后来在邻居家里找到了，邻居不承认，两家吵骂不休。游显沿骑马经过这里，问明其中原因，叹息说："一个蒲团能值多少？却因此失去两家的和睦！把蒲团敲打七十下，丢掉就可以了。"一打，发现有银子的碎屑，于是就处罚了那个邻居。

千里急

【原文】

陈懋仁《泉南杂志》云：城中一夕被盗，捕兵实为之。招直巡两兵，一以左腕、一以胸次，俱带黑伤而不肿裂，谓贼棍殴，意在抵饰。当事督责司捕，辞甚厉。余意棍殴处未有不致命且折，亦未有不肿且裂者，无之，是必赝作。问诸左右曰："吾乡有草可作伤色者，尔泉地云何？"答曰："此名'千里急'。"余令取捣碎，别涂两人如其处，少焉成黑。以示两兵，两兵愕然，遂得奸状。自是向道绝，而外客无所容也。

【评】按《本草》：千里急，一名千里及，藤生道旁篱落间，叶细而厚，味苦平，小有毒，治疫气结黄疟蛊毒，煮汁服取吐下，亦敷蛇犬咬，不入众药。此草可染肤黑，如凤仙花可染指红也。

【译文】

陈懋仁在其所著的《泉南杂志》中记载这样一件事：一天夜里，泉州城里发生了盗窃案，实际上这是官府的捕快干的。主管的官员叫来了两个值勤巡逻的士兵，一个左腕上、另一个胸口上分别带有黑色的伤痕，但皮肤没有肿裂。他俩说是被盗贼用棍棒打的，想以此抵赖，掩饰自己的罪行。官员严辞督促掌管捕盗的人立即破案。当时我想，凡遭棍棒打击的地方，没有不致命并发生骨折的，也没有不肿胀并且破裂的，否则就一定作假。我问随从道："我们的家乡有一种草，涂在皮肤上，颜色就像受伤一样，你们泉州人叫这种草什么名字？"他们回答说："这种草名叫'千里急'。"我令他们找一些来将其捣碎，分别涂在另外两人的手腕和胸口上。不一会，那里就变成了黑色。就把他们带去给那两个谎称受伤的士兵看，他俩惊呆了，于是招供了盗窃和作伪证的罪状。从此盗贼绝迹了。

【评】《本草纲目》载：千里急又名千里及，它是生长在路旁、篱笆之间的，叶子细长而厚实；其味略苦，稍有毒性；可以治疗瘟疫、气结、黄疸、蛊毒，煮汁服用即吐，外敷可疗蛇、犬咬伤，不能和其他药混合使用。这种草可把皮肤染黑，就像凤仙花能把指甲染红一样。

京师指挥

【原文】

京师有盗劫一家，遗一册，旦视之，尽富室子弟名，书曰“某日某甲会饮某地议事”或“聚博挟娼”云云，凡二十条。以白于官，按册捕至，皆跅弛少年也，良以为是。各父母谓诸儿素不逞，亦颇自疑。及群少饮博诸事悉实，盖盗每侦而籍之也。少年不胜榜毒，诬服。讯贿所在，浪言埋郊外某处，发之悉获。诸少相顾骇愕云：“天亡我！”遂结案伺决。一指挥疑之而不得其故，沉思良久，曰：“我左右中一髯，职豢马耳，何得每讯斯狱辄侍侧？”因复引囚鞫数四，察髯必至，他则否。猝呼而问之，髯辞无他。即呼取炮烙具，髯叩头请屏左右，乃曰：“初不知事本末，唯盗赂奴，令每治斯狱，必记公与囚言驰报，许酬我百金。”乃知所发赃，皆得报宵瘗之也。髯请擒贼自赎，指挥令数兵易杂衣与往，至僻境，悉擒之，诸少乃得释。

【评】成化中，南郊事竣，撤器，失瓶一。有庖人执事瓶所，捕之系狱，不胜拷掠，竟诬服。诘其赃，谬曰：“在坛前某地。”如言觅之，不获。

又系之，将毙焉。俄真盗以瓶系金丝鬻于市，市人疑之，闻于官，逮至，则卫士也。招云："既窃瓶，急无可匿，遂瘗于坛前，只掠取系索耳。"发地，果得之，比庖人谬言之处相去才数寸。使前发者稍广咫尺，则庖人死不白矣。岂必蔘马鬇在侧乃可疑哉！讯盗之难如此。

【译文】

在京城，有盗贼抢劫了一户人家，盗贼临走时遗落了一本册子。早晨，这家人打开册子一看，里面所写的都是些富家子弟的名字，上面或写着"某日某甲曾经在某地饮酒议事"，或者是"相聚赌博，携带娼妓作乐"等等，一共二十条。这家人把这件事告诉了官府。官府按照名册把人捉拿归案，都是些浮浪少年，官府以为抓对了。这些少年的父母觉得儿子一向不务正业，也都怀疑他们会干这种事。这群少年平日饮酒、赌博俱是事实，而盗贼全都察看清楚并记载下来。少年们受不了杖刑拷打，违心招供。当问到他们把赃物藏到什么地方时，他们胡乱地编造，说埋在郊外的某个地方。官府派人去挖掘，都挖到了。这些少年又惊又怕，相顾失色说："是老天爷要叫我们送命了！"就这样，

案子了结，只等候处决了。有一个指挥对这件事虽怀疑，但搞不清其中的原因，他沉思很久，说：“我的随从中有一个大胡子，他的职务是养马，为什么每次审问这案子，他总是站在旁边？”于是，他又提审这些少年囚犯三四次，而观察大胡子每次都必定赶到，审问其他案子，他就不来了。指挥趁其不备就问他原因，大胡子说没什么缘故。指挥就喊人拿来炮烙刑具，大胡子跪地磕头，请求指挥屏退左右，才说道：“起初我不知道事情的来龙去脉，只是强盗贿赂我，让我每次在审理这个案子时，一定要记下您和囚犯所说的话，并迅速报告他们，答应给我一百两银子作为报酬。”这才知道挖掘的赃物，都是盗贼在得到大胡子报告以后，按少年所说的地点而连夜埋下去的。大胡子请求去捉拿盗贼来赎罪。指挥命令几个士兵换上老百姓服装同大胡子一道前往僻静的地方，把盗贼全部捉拿归案，狱中的少年才得以释放。

【评】宪宗成化年间，南郊祭祀结束，撤去器具时，忽然发现丢失了一只金瓶。有一个厨师专门负责保管瓶子，于是把他逮捕下狱，他经受不了严刑拷打，被迫招供。问他把赃物放在什么地方，他瞎编说：“藏在祭坛前某个地方。”到他所说的地方去挖掘，没有找到金瓶，又把他囚禁起来，折磨得死去活来。不久，真正的盗贼把系瓶的金边链拿到集市上去卖，集市上的人怀疑，报告了官府。官府将其捉拿归案，原来是个卫兵。他招供说：“我偷了金瓶后，急忙中也无处可藏，就把它埋在祭坛的前面，我只是扭取了金瓶上的金链罢了。”掘开地面，果然取得金瓶。那地点同厨师瞎说的地方，只相距几寸。如果先去挖掘的人稍微放宽一点，那厨师死了也要蒙受不白之冤了。难道一定要有养马的大胡子站在旁边才可以怀疑吗？审问盗贼竟这样的困难啊！

窃 茄

【原文】

李亨为鄞令，民有业圃者，茄初熟，邻人窃而鬻于市，民追夺之，两诉于县。亨命倾其茄于庭，笑谓邻人曰：“汝真盗矣。果为汝茄，肯于初熟时并摘其小者耶？”遂伏罪。

【译文】

李亨当鄞县县令时，当地有个种菜的百姓，他的茄子刚长大，就被邻居偷到市集上去卖。农民去追，想把茄子夺回来，两人争执不下，就告到县衙。李亨让那邻居把茄子全部倒出来，他一看，就笑着对邻居说：“你是真正的小偷。如果这茄子是你家的，你肯在它们刚刚成熟时连同那些极小的都一并摘下来吗？”邻居不得不认罪。

江　点

【原文】

江点字德舆，崇安人，以特恩补官，调郢州录参。时郡常平库失银，方缉捕。有刘福者因贸易得银一筒，上有“田家抵当”四字。一银工发其事，刘不能直，籍其家，约万余缗，法当死。点疑其枉，又见款牍不圆，除所发者皆非正赃。点反覆诘问，刘苦于锻冶，不愿平反。点立言于守，别委推问，得实与点同。然未获正贼，刘终难释。未几，经总军资两库皆被盗，失金以万计。点料必前盗也。州司有使臣李义者，馆一妓，用度甚侈，点疑之，未敢轻发。会制司行下，买营田耕牛，点因而阴遣人袭妓家，得金一束，遂白于府，即简使臣行李，中皆三库所失之物，刘方得释。人皆服点之明见。

【译文】

江点字德舆，崇安人，因得到朝廷的特殊恩宠而被委任官职，调任郢州录事参军。当时郡里的常平库丢失了银两，正在缉捕盗贼。有个叫刘福的人，在做买卖时得到一封银子，上面有“田家抵当”四个字。一个银匠检举了这件事，刘福没办法为自己申辩，官府定了他的罪，并没收了他家一万多缗钱，而且还要依法处死。江点怀疑刘福是冤枉的，又见他的供词有许多漏洞，除了揭发的有四个字的那封银子，其他在他家里搜获的均不是赃物。江点反复诘问，刘福苦于刑讯，也不想平反了。江点马上报告太守，另外委托官员查处此事，那人所得的结论与江点相同。但由于没有抓到真正的盗贼，刘福也就一直被关在牢里。不久，经总和军资两库又被盗，丢失银两以万计。江点估计一定还是前一案中的盗贼干的。州里有个叫李义的使臣蓄养了一个妓女，平时生活奢侈，花费甚大，江点对他一直有所怀疑，但不敢轻易揭发。有一天，正巧碰到李义奉命外出购买营田的耕牛，江点就趁机派人搜查妓女的家，在她家里发现了许多金银。于是江点就把这情况报告了官府，立即检查了李义的行李，里面全是三银库丢失的金银。于是，刘福才得以释放。人们都佩服江点办案的高明。

班超

【原文】

窦固出击匈奴，以班超为假司马，将兵别击伊吾，战于蒲类海，多斩首虏而还。固以为能，遣与从事郭恂俱使西域。超到鄯善，鄯善王广奉超礼敬甚备，后忽更疏懈。超谓其官属曰："宁觉广礼意薄乎？此必有北虏使来，狐疑未知所从故也。明者睹未萌，况已著耶！"乃召侍胡，诈之曰："匈奴使来数日，今安在？"侍胡惶恐，具服其状。超乃闭侍胡，悉会其吏士三十六人，与共饮。酒酣，因激怒之曰："卿曹与我俱在西域，欲立大功以求富贵。今虏使到数日，而王广礼敬即废。如令鄯善收吾属送匈奴，骸骨长为豺狼食矣！为之奈何？"官属皆曰："今危亡之地，死生从司马！"超曰："不入虎穴，焉得虎子！当今之计，独有因夜以火攻虏，使彼不知我多少，必大震怖，可殄尽也。灭此虏，则鄯善破胆，功成事立矣！”众曰：“当与从事议之。”超怒曰：“吉凶决于今日，从事文俗吏，闻此必恐而谋泄，死无所名，非壮士也！”众曰：“善！”初夜，遂将吏士往奔虏营。会天大风，超令十人持鼓，藏虏舍后，约曰：“见火然后鸣鼓大呼。”余人悉持弓弩，夹门而伏。超乃顺风纵火，前后鼓噪。虏众惊乱。超手格杀三人，吏兵斩其使及从士三十余级，余众百许人，悉烧死。明日乃还告郭恂，恂大惊，既而色动。超知其意，举手曰：“掾虽不行，班超何心独擅之乎？”恂乃悦。超于是召鄯善王广，以虏使首示之，一国震怖。超晓告抚慰，遂纳子为质。还奏于窦固，固大喜，具上超功效，并求更选使使西域。帝壮超节，诏固曰：“吏如班超，何故不遣而更选乎？今以超为军司马，令遂前功。”

超复受使。因欲益其兵，超曰："愿将本所从三十余人足矣！如有不虞，多益为累。"是时于阗王广德新攻破莎车，遂雄张南道，而匈奴遣使监护其国。超既西，先至于阗。广德礼意甚疏，且其俗信巫，巫言："神怒，何故欲向汉？汉使有騧马，急求取以祠我！"广德乃遣使就超请马。超密知其状，报许之，而令巫自来取马。有顷巫至，超即斩其首以送广德，因辞让之。广德素闻超在鄯善诛灭虏使，大惶恐，即攻杀匈奴使而降超。超重赐其王以下，因镇抚焉。

【评】必如班定远，方是满腹皆兵，浑身是胆！赵子龙、姜伯约不足道也。辽东管家庄，长男子不在舍，建州虏至，驱其妻子去。三数日，壮者归，室皆空矣。无以为生，欲佣工于人，弗售。乃谋入虏地伺之，见其妻出汲，密约夜以薪积舍户外焚之，并积薪以焚其屋角。火发，贼惊觉，裸体起出户，壮者射之，贼皆死。挈其妻子，取贼所有归。是后他贼惮之，不敢过其庄云。此壮者胆勇一时，何减班定远？使室家无恙，或佣工而售，亦且安然不图矣。人急计生，信夫！

【译文】

东汉初年，窦固率兵攻打匈奴，让班超代理司马，带兵走另外一条路去攻打西域门户伊吾，在蒲类海与匈奴军遭遇，斩了许多首级之后回来。窦固认为班超很能干，便派遣他与从事郭恂一道出使西域。班超到达鄯善国，鄯善国王迎奉接待班超的礼节非常隆重周到，后来突然变得疏远怠慢了。于是班超对他的随行人员说："你们感觉到国王对我们冷淡了没有？这肯定是有匈奴的使臣来了，他心里正在犯疑惑，不知道怎么办才好的缘故。明智的人能看出尚未明朗的事情，何况这已经很明显了！"于是立即召唤服侍他们的胡人来，诈他说："匈奴的使者来了好几日，现在在哪里？"胡人侍者害怕，把情况都说出来了。班超于是把侍者关起来，同自己带来的三十六名随行人员一起饮酒，喝到兴头上，班超故意激怒大家，说："各位与我来到西域，就是想建立大功求得富贵。现在匈奴的使臣才来几天，国王对我们的礼遇就冷淡了。如果让鄯善国将我们逮起来送给匈奴，我们的骸骨只能给豺狼做食物了。大家觉得该怎么办？"众人说："现在我们身处危险境地，是死是活都听从司马你的。"班超说："不深入虎穴，就不能得到虎子。现在的对策，只有乘夜晚以火攻打匈奴使臣的驻地，他们不知道我们究竟有多少人，肯定惊恐万状，这样我们就可以把他们全部消灭掉。消灭了他们，鄯善国王自然害怕极了，我们就大功告成了。"众人说："这件事应当和从事郭恂商量。"班超发怒说："是吉是凶决定于此时此刻，郭恂是个平庸的文官，听到这个计划肯定会恐慌以致把计划泄露出去，我们都得白白送死，也就称不上是壮士了。"众人说："好！"夜幕降临不久，班超便率领随行人员向匈奴使者的驻地奔去。这时恰逢刮起了大风，班超指定十个人拿着鼓躲藏在匈奴使者馆舍的后面，并相互约定："见到火烧起来后就一边击鼓一边大喊大叫。"其余的人全都手持弓箭在门两旁埋伏。班超于是顺风放火，前后一齐击鼓喊叫，匈奴人惊慌得乱作一团。班超亲手杀了三个人，随行人员也杀了匈奴使臣及其随从人员三十多人，剩下的一百多人，全被火烧死了。

第二天天亮，才回来报告郭恂，郭恂先是大吃一惊，后来脸色忽然改变。班超明白他的意思，便拱手作揖说："您虽然没有参加，但我哪能独占此功劳呢？"郭恂听了才面露喜色。班超于是约见鄯善国王，把匈奴使者的头拿给他看，鄯善国君臣大为惊惧。班超对鄯善王晓之以理，并用好言安抚他，于是国王把儿子送到汉朝作为人质。班超等人回去向窦固禀报了此行经过。窦固非常喜悦，向皇帝报告班超的功绩，并且请求更换使者出使西域。皇帝赞赏班超的气节，下诏书给窦固说："有班超这样的官吏，为什么不派他而要换别人呢？现在任命班超为军司马，嘉勉他以前的功劳。"班超再次担任使者，按照惯例可以给他增加卫兵，但班超说："我只想带着原来跟我的三十多人就足够了。如果发生意外，人多了反是拖累。"这个时候，于阗国王广德刚刚攻下了莎车国，在西域南道一带称雄，而匈奴派使者来监护于阗国。班超往西行进，先到于阗，国王广德接待他的礼仪非常不周。而且这里的风俗是崇拜巫师的，巫师说："神发怒了，责问为什么要投向汉朝。汉朝的使者有一匹浅黑色的马，快去取来祭神。"广德便派人来向班超要马。班超暗中已了解了这些情况，便答应了，但要巫师自己来取马。过了一会儿，巫师来了，班超立即斩下他的首级送给国王广德，并责备了他。广德早就听说班超在鄯善国杀了匈奴使者的事，因而特别惧怕，于是便立即杀了匈奴使者，归顺了班超。班超重赏了国王和他的下属，就这样威慑并安抚了于阗国。

【评】只有像定远侯班超这样，才算得上满腹皆兵、浑身是胆的英雄。赵云、姜维没有什么可称道的。辽东管家庄有一家人，丈夫不在家，建州的敌人来了，把他的妻儿都掠走了。过了几天，这个人回到家，屋里空无一人。为了维持生活，只好去当佣工，没人要他。于是想到敌人那边去寻找妻儿。果然见到妻子出来提水，便约定夜里用火柴堆在屋外烧，从屋角烧起。起火后，敌人猛然惊醒，赤裸着身体跑出门外。这人就用箭射他们，敌人都中箭而死。他携着妻儿，带着敌人所有的东西回到庄上。此后其他盗贼都害怕他，都不敢打他庄上过。这个壮士当时有胆量且勇敢，能比班超逊色吗？假使他妻儿没有遇祸或者有人雇他帮工，也就安定下来不会出现这种勇敢的举动了。人能急中生智，确实如此！

杨　素

【原文】

杨素攻陈时，使军士三百人守营。军士惮北军之强，多愿守营。素闻之，即召所留三百人悉斩之。更令简留，无愿留者。又对阵时，先令一二百人赴敌，或不能陷阵而还者，悉斩之。更令二三百人复进，退亦如之。将士股栗，有必死之心，以是战无不克。

【评】素用法似过峻，然以御积惰之兵，非此不能作其气。夫使法严于上，而士知必死，虽置之散地，犹背水矣。

【译文】

杨素率兵攻打陈朝时，派三百名士兵驻守营地。士兵畏惧敌军的强悍，大多数都愿留下来镇守营地。杨素知道后，当即就把留守营地的三百名士兵全都斩了。于是他又下令挑选三百人留下，此时再也没

有人愿意留下来了。在与敌军对阵时，他先命令一二百人冲向敌军，要是不能攻下敌人阵地而逃回的，他也全把他们斩杀。再令二三百人重新进攻，若有后退的仍然格杀勿论。将士们都被吓得两腿战栗，临战时个个都抱着必死之心，全力进攻，因此能够战无不克。

【评】杨素的做法虽然过于严苛，然而要治理懈怠成性的军队，不这样做是不能振奋士气的。假如将帅执法严厉，士兵们知道不能前进即是死路一条，那么即使军队在宽阔地带与敌军作战，也能做到背水一战。

齐桓公

【原文】

宁戚，卫人，饭牛车下，扣角而歌。齐桓公异之，将任以政。群臣曰："卫去齐不远，可使人问之，果贤，用未晚也。"公曰："问之，患其有小过，以小弃大，此世所以失天下士也！"乃举火而爵之上卿。

【评】韩、范已知张、李二生有用之才，其不敢用者，直是无胆耳。孔明深知魏延之才，而又知其才之必不为人下，故未免虑之太深，防之太过，持之太严，宁使有余才，而不欲尽其用，其不听子午谷之计者，胆为识掩也。呜呼，胆盖难言之矣！

任登为中牟令，荐士于襄主曰瞻胥己，襄主以为中大夫。相室谏曰："君其耳而未之目也？为中大夫若此其易也！"襄子曰："我取登，既耳而目之矣，登之所取，又耳而目之，是耳目人终无已也。"此亦齐桓之智也。

【译文】

春秋时卫国人宁戚，每当他喂食拴在车下的牛时，总是一边敲打牛角一边唱歌。有一天，齐桓公从他身边经过，觉得这个人是个奇才，准备让他当官。大臣们说："卫国离我们齐国不远，可以派人去了解这个人的情况，如果真是贤才，用也不晚。"齐桓公说："一了解他的情况，就会担心他有小毛病。因小问题而舍弃了他的大作用，这正是当今之世失去天下人才的原因啊！"于是提拔他当了上卿。

【评】宋朝的韩琦、范仲淹已经知道张、李二人是有用的人才，却不敢用他们，是没有胆量。诸葛亮深知部下魏延的才能，并且知道以他的才能肯定不愿屈居别人之下，所以未免顾虑太深，防备过度，约束太严，宁可让他有多余的才能，也不愿让他充分发挥。他未采纳魏延出兵子午谷的计策，是他的胆量被见识所掩盖了。啊！胆量真是很难说呀！

任登任中牟令时，推荐一个叫瞻胥已的人给赵襄子。赵襄子便让他当了中大夫。相国劝阻道："您对这个人只是听说并没亲眼见到，怎么这么轻易任命他为中大夫呢？"赵襄子说："我任用他，是既听说过又亲眼见过；对于任登所推荐的人我还要亲耳所闻，亲眼所见，这样就要永无休止去耳闻目睹了。"这也是齐桓公的明智之处！

周　瑜

【原文】

曹操既得荆州，顺流东下，遗孙权书，言“治水军八十万众，与将军会猎于吴”。张昭等曰：“长江之险，已与敌共，且众寡不敌，不如迎之。”鲁肃独不然，劝权召周瑜于鄱阳。瑜至，谓权曰：“操托名汉相，实汉贼也。将军割据江东，兵精粮足，当为汉家除残去秽，况操自送死，而可迎之耶？请为将军筹之。今北土未平，马超、韩遂尚在关西，为操后患；而操舍鞍马，仗舟楫，与吴越争衡；又今盛寒，马无藁草；中国士众，远涉江湖之险，不习水土，必生疾病。此数者，用兵之患也。瑜请得精兵五万人，保为将军破之！”权曰：“孤与老贼誓不两立！”因拔刀砍案曰：“诸将敢复言迎操者，与此案同！”竟败操于赤壁。

【译文】

曹操攻下荆州之后，顺长江东下欲攻东吴。他给孙权送去一封信，声称带了八十万大军，要和孙权在东吴决战。张昭等人对孙权说：“长江地势险峻，但现在敌人与我们共同占有了，而且敌人众多，我们的人少，我们不如主动迎降。”唯独鲁肃不这么认为，他劝孙权把周瑜从鄱阳召回来。周瑜赶回来，对孙权说：“曹操自称是汉室的丞相，实际是汉室的奸臣。将军驻守在江东，有精兵强将，粮草充足，应当替汉室讨伐剿灭残渣余孽，何况曹操自来送死，怎么能投降呢？请允许我来为您分析形势。现在，曹操北方尚未平定，马超、韩遂还在关西一带，这是曹操的后患；曹操舍弃了车马乘坐船舰，来和东吴作战，再加上天气非常寒冷，马吃不上草料，中原的士兵从老远的平原赶到这里，在大江大湖上作战，水土不服，必然要生疾病。这几点都是用兵的大忌。我请求您拨五万精兵给我，保证大破曹操的军队。”孙权说：“我和曹操这个老贼势不两立！”他抽出刀猛砍桌子，说：“有谁再敢说投降曹操，就和这桌子一样！”后来果然在赤壁打败了曹操。

孔　融

【原文】

荆州牧刘表不供职贡，多行僭伪，遂乃郊祀天地，拟斥乘舆。诏书班下其事，孔融上疏，以为“齐兵次楚，唯责包茅。今王师未即行诛，且宜隐郊祀之事，以崇国体。若形之四方，非所以塞邪萌”。

【评】凡僭叛不道之事，骤见则骇，习闻则安。力未及剪除而章其恶，以习民之耳目，且使民知大逆之逋诛，朝廷何震之有？召陵之役，

管夷吾不声楚僭，而仅责楚贡，取其易于结局，度势不得不尔。孔明使人贺吴称帝，非其欲也，势也。儒家“虽败犹荣”之说，误人不浅。

【译文】

东汉末年，荆州牧刘表不向朝廷进贡，干了许多僭越的事，甚至胆敢祭祀天地，用天子的仪仗。皇上正要下诏书公布这件事，孔融上疏说：“如今王师正如从前齐国兵伐楚国，只是责备楚国不上贡包茅一样，并没有力量惩罚刘表，陛下不能提及刘表祭祀天地的事情，以维护朝廷尊严。如果张扬四方，不但不能收遏阻之效，反而更助长邪门歪道的气焰。”

【评】凡是僭越叛乱的事情，猛一见到会感到惊骇，听多了也就习惯了。在能力达不到除掉逆贼时，就公布他们的罪恶，结果是使老百姓渐渐地感到习惯，而且使老百姓得知这些大逆不道的人居然不被诛灭，朝廷还有什么威望？召陵之战时，管仲不声张楚国的僭越，仅仅责备楚国不交纳贡品，是因为这样说容易收场，根据形势不能不如此。诸葛孔明派人祝贺吴主称帝，并不是他的真心，是迫于形势。儒家“虽败犹荣”的说法，实在误人不浅。

叔孙通

【原文】

叔孙通初以儒服见，汉王憎之。通即变服，服短衣楚制，王喜。时从弟子百许，通无所言，独言诸故群盗壮士进。诸儒皆怨。通闻之曰："诸生宁能斗乎？且待我，毋遽！"

【译文】

叔孙通最初穿着儒服去见汉王刘邦，刘邦非常讨厌他。叔孙通便换了服装，穿着楚国式样的短衣，刘邦见了很高兴。当时跟随叔孙通的弟子有一百多人，叔孙通没有把他们推荐给刘邦，只给刘邦推荐那些能征善战的盗贼和勇士。学生们都抱怨他。叔孙通听说后对他们说："你们能打仗吗？等我找机会推荐你们，不要性急！"

颜真卿

【原文】

真卿为平原太守，禄山逆节颇著，真卿托以霖雨，修城浚濠，阴料丁壮，实储廪，佯命文士饮酒赋诗。禄山密侦之，以为书生不足虞。未几禄山反，河朔尽陷，唯平原有备。

【评】小寇以声驱之，大寇以实备之。或无备而示之有备者，杜其谋也；或有备而示之无备者，消其忌也。必有深沉之思，然后有通变之略。微乎微乎，岂易言哉！

【译文】

唐代颜真卿做平原太守时，安禄山反叛的行径已经很明显了，颜真卿就借口防止连绵的大雨来临，令人修复城墙，疏通濠沟，同时还暗中征集训练士兵，充实仓储，表面上却与文人士子尽情饮酒赋诗。安禄山派密探侦察，认为颜真卿不过是个书生，不值得担忧。没有多久，安禄山发动叛乱，河北一带全部沦陷，只有平原郡因有防备而未失守。

【评】对待实力不大的贼寇，只需虚张声势就可吓走他们；对待强大的敌人，就要以雄厚的实力去防备他们。有时没作准备而假装有备，目的是想杜绝对方的阴谋企图；有时有准备而假装没有防备，是为了麻痹敌人，消除其顾忌。一定要有深沉的思虑，然后才能有随机应变的策略。微妙啊微妙，这难道是能用三言两语说得明白的！

苏 秦

【原文】

苏秦、张仪尝同学，俱事鬼谷先生。苏秦既以合纵显于诸侯，然恐秦之攻诸侯败其约。念莫可使用于秦者，乃使人微感张仪，劝之谒苏秦以求通。仪于是之赵，求见秦。秦诫门下人不为通，又使不得去者数日。已而见之，坐之堂下，赐仆妾之食，因而数让之曰："以子才能，乃自令困辱如此！吾宁不能言而富贵子，子不足收也！"谢去之。仪大失望，怒甚，念诸侯莫可事，独秦能苦赵，乃遂入秦。

苏秦言于赵王，使其舍人微随张仪，与同宿舍，稍稍近就之，奉以车马金钱。张仪遂得以见秦惠王。王以为客卿，与谋伐诸侯。舍人乃辞去。仪曰："赖子得显，方且报德，何故去也？"舍人曰："臣非知君，知君乃苏秦也！苏君忧秦伐赵，败从约，以为非君莫能得秦柄，故感怒君，使臣阴奉给君资。今君已用，请归报。"张仪曰："嗟乎！此吾在术中而不悟，吾不及苏君明矣！吾又新用，安能谋赵乎？为我谢苏君，苏君之时，仪何敢言？且苏君在，仪宁渠能乎？"

自是终苏秦之世，不敢谋赵。

【评】绍兴中，杨和王存中为殿帅。有代北人卫校尉，曩在行伍中与杨结义，首往投谒。杨一见甚欢，事以兄礼，且令夫人出拜，款曲殷勤。两日后忽疏之，来则见于外室。卫以杨方得路，志在一官，故间关赴之，至是大失望。过半年，疑为人所谮，乃告辞，又不得通。或教使伺其入朝回，遮道陈状，杨亦略不与语，但判云："执就常州于本府某庄内支钱一百贯。"卫愈不乐，然无可奈何，倘得钱，尚可治归装，而不识杨庄所在。正彷徨旅邸，遇一客，自云"程副将，便道往常、润，陪君往取之"。既得钱，相从累日，情好无间，密语之曰："吾实欲游中原，君能引我偕往否？"卫欣然许之。迤逦至代郡，倩卫买田："我欲作一窟于此。"卫为经营，得膏腴千亩。居久之，乃言曰："吾本无意于斯，此尽出杨相公处分。初虑公贪小利，轻舍乡里。当今兵革不用，非展奋功名之秋，故遣我追随，为办生计。"悉取券相授，约直万缗，黯然而别。此与苏秦事相类。

按苏从张衡，原无定局。苏初说秦王不用，转而之赵，计不得不出于从。张既事秦，不言衡不为功，其势然也。独谓苏既识张才，何不贵显之于六国间，作自己一帮手，而激之入秦，授以翻局之资，非失算乎？不知张之狡谲，十倍于苏，其志必不屑居苏下，则其说必不肯袭苏套。厚嫁之于秦，犹可食其数年之报；而并峙于六国，且不能享一日之安，季子料之审矣。若杨和王还故人于代北，为之谋生，或豢之以待万一之用也。英雄作事，岂泛泛哉！

【译文】

苏秦和张仪曾经是同学，都跟从鬼谷先生学习。苏秦已凭着合纵的学说在诸侯中显身扬名，但又担心秦国会进攻诸侯，使合纵之约失败，考虑无人可以在秦国起作用，就悄悄派人去感化张仪，那人劝说张仪去拜见苏秦以求得显贵。张仪于是就到了赵国，求见苏秦。苏秦告诫看门人不要为他引见，又让他不能离去，这样过了好几天。后来苏秦接见了张仪，让张仪在堂下就坐，赐给他仆妾吃的饭食，又多次责备他说："凭你的才能，是你自己使自己遭受这样的困辱！我难道不能为你说情而使你富贵吗？这是因为你不值得收留罢了！"于是让张仪离开赵国。张仪大失所望，非常愤怒。想来想去诸侯中没有值得自己效力的，只有秦国能够给赵国苦头吃，于是就去了秦国。

苏秦将情况报告给赵王，并派一个舍人暗中跟着张仪，与他一同

住宿，渐渐地接近他，送给他车马金钱，张仪凭这些才见到了秦惠王。秦惠王拜张仪为客卿，同他商量讨伐诸侯的事情。那个舍人此时向张仪告辞，张仪说："靠你的资助我才得以显贵，正想报答你的恩德，为什么要离开呢？"舍人说："我并不是您的知己，您的知己是苏秦！苏秦担心秦国讨伐赵国，使合纵之约失败，认为只有您有能力在秦国掌握大权，所以故意激怒您，派我暗中供应您费用。现在您已经得到重用，请允许我回去汇报。"张仪说："啊！我原来处在苏秦的计谋中还不明白，我赶不上苏秦是很明显的了。我又刚刚得到重用，怎么能够谋取赵国呢？你替我向苏秦致谢，只要苏秦掌权的日子，我岂敢说什么？况且苏秦在，我哪里有他能干呢？"从此一直到苏秦去世，张仪不敢谋攻赵国。

【评】绍兴年间，杨存中担任殿帅。有一个代北人卫校尉，从前在军队中同杨存中结为兄弟，前来投拜。杨存中见到他非常高兴，以兄弟之礼待他，并且让夫人出来参拜，招待十分周到殷勤。两天后，忽然疏远了他，来了也只在外厅接见他。卫校尉原来认为杨存中位高权重，自己想求得一官半职，所以历尽艰难赶到这里，这时不禁大失所望。过了半年，卫校尉怀疑有人说他的坏话，就向杨存中告辞，但又无法通报。有人教他等杨存中上朝回来时，拦路面陈，但杨存中仍不和他说什么，只批了一张条子说："到常州我的庄上支取一百贯钱。"卫校尉更加不高兴，但又没有办法，如果拿到钱还可以置办回去的行装，却又不知道杨庄在什么地方。正在旅店中徘徊不定时，遇到一个客人，自己介绍说是程副将，顺道去常州、润州，正好陪他去取钱。得到钱后，相交多日，友谊已很深。程副将悄悄对卫校尉说："我很想到中原去游历，你能同我一起去吗？"卫校尉高兴地答应了。两人辗转来到代郡，程副将请卫校尉帮他买田，并对他说："我想在这里建一座田庄。"卫校尉代他协商议价，买了千亩良田。住了很长时间后，程副将对卫校尉说："我本来对经营田庄并不感兴趣，这一切都是杨公安排的。当初他顾虑你贪图小利，轻易抛弃乡里。现在战争平息，不是以武力取得功名的时候，所以派我跟着你来帮助你筹办生计。"于是取出全部券契交给卫校尉，价值万贯，然后就黯然离去。这同苏秦的事很相似。

考察苏秦的合纵，张仪的连衡，本来就没有定局。苏秦原先劝说秦王，不被采纳才回过头到赵国的，他的计划就不能不是合纵。张仪既然为秦国效力，不说连衡也就不会有功，这是形势所决定的。偏说苏秦非常赏识张仪的才干,那为什么不让他在六国中扬名,当自己的一个帮手,反而激他去秦国,送给他颠覆局势的资本,这不是非常失算吗?殊不知张仪的狡诈要超过苏秦十倍,他的志向必定不屑于在苏秦之下,那么他的学说也必定不肯因袭苏秦的那一套。陪送丰厚,将张仪派往秦国,还可以图他几年的报偿;但如果两人同为六国做事,那苏秦就不能享受一天的安定了,苏秦的预料是非常精妙的。像杨存中送老朋友到代北,替他安排生计,可能是养着他以备万一有使用的时候。英雄做事,岂能是如表面那般草率呢?

狄青

【原文】

陕西豪士刘易多游边，喜谈兵。韩魏公厚遇之。狄青每宴设，易喜食苦马菜，不得，即叫怒无礼。边地无之，狄为求于内郡。后每燕集，终日唯以此菜啖之。易不能堪，方设常馔。

【译文】

陕西豪士刘易曾多次到边境游历，很喜欢谈论兵事。韩琦对他待遇优厚。狄青每次设宴款待他，刘易喜欢吃苦马菜，如果宴席上没有，他就十分无礼地喊叫。这种菜边境没有，狄青就设法去内地购买。以后每次聚会，狄青都顿顿让他吃苦马菜。直到刘易吃得不能忍受，才开始换成普通菜肴。

宋太宗

【原文】

宋太宗即位初年，京师某街富民某，有丐者登门乞钱，意未满，遂詈骂不休。众人环观，靡不忿之。忽人从中一军尉跃出，刺丐死，掷刀而去，势猛行速，莫敢问者。街卒具其事闻于有司，以刀为征。有司坐富民杀人罪。既谳狱，太宗问某："服乎？"曰："服矣！"索刀阅之，遂纳于室，示有司曰："此吾刀也。向者实吾杀之，奈何枉人！始知鞭笞之下，何罪不承，罗钳吉网，不必浊世！"乃罚失入者而释富民，谕自今讯狱，宜加慎，毋滥！

【评】此事见宋小史。更有一事：金城夫人得幸于太祖，颇恃宠。一日宴射后苑，上酌巨觥劝晋王，晋王固辞。上复劝，晋王顾庭中曰："金城夫人亲折此花来，乃饮。"上遂命之。晋王引弓射杀之，抱太祖足泣曰："陛下方得天下，宜为社稷自重！"遂饮射如故。夫投鼠忌器，晋王未必卤莽乃尔，此事恐未然也。

【译文】

宋太宗即位初年，京城里某街上住着一个有钱人，见有一个乞丐上门讨钱，因钱给得不多，乞丐就在门前破口大骂。围观的人对乞丐都很气愤，这时人群中突然冲出一名军尉，他一刀刺死乞丐，扔下刀就逃走了。因为他来势很猛，跑得又快，所以没人敢上前阻拦他。街上有人向官吏报告了这件事，并且把刀作为证据。结果官吏判决这个有钱人杀人罪。等到宣判之后，太宗召狱吏询问那个有钱人是否服罪，官吏说："已经服罪了。"太宗要来那把刀，查看后放进自己内室，然后告诉官吏说："这是我的刀，当时实际上是我杀了那个乞丐，你怎么能冤枉别人呢？我现在才知道，重刑之下，犯人什么罪都会承认；用刑罚逼供的事，不只是乱世才有！”于是处罚了那个判决失误的官吏，释放了那个有钱人。并且宣布：从今以后，审判案件要格外谨慎，不可滥杀无辜。

【评】这个故事是宋代的野史中记载的。还有一个这样的故事：金城夫人深得宋太祖的宠爱，时常恃宠撒娇。有一天在后苑聚宴习射，太祖酙满一大杯酒向晋王劝酒，晋王一再推辞，但太祖仍是劝酒不停。于是晋王回头看着庭院中说：“如果金城夫人亲自给我折下这朵花来，我马上就喝。”太祖便让金城夫人过去折花。晋王立刻拿箭射死了她，然后抱着太祖的脚，哭着说：“陛下刚刚得到天下，应该以国事为重！”于是他们又继续饮酒习射。投鼠忌器，晋王未必会如此莽撞，这个故事恐怕未必是真的。

雄山智僧

【原文】

雄山在南安，其上有飞瓦岩。相传僧初结庵时，因山伐木，但恐山高运瓦之难，积瓦山下。诳欲作法，飞瓦砌屋，不用工师。卜日已定，远近观者数千人。僧伪为佣人挑瓦上山。观者欲其速于作法，争为搬运，顷刻都尽。僧笑曰："吾飞瓦只如是耳！"

【译文】

雄山位于江西南安境内，山上有个飞瓦岩。相传寺僧开始建寺时，依山伐木，但瓦却因山高难运，全部堆放在山脚下。雄山一名僧人假称自己能作法，可以飞瓦砌屋，不需要工匠。预定的吉日那天，远近来观看的有数千人。那个僧人扮作佣工，一担担地把瓦往山上挑。前来观看的人都想看他赶快作法，就争着搬运瓦块，一会就搬完了。那僧人笑着说："我所谓的飞瓦就是这样的啊！"

陈子昂

【原文】

子昂初入京，不为人知。有卖胡琴者，价百万，豪贵传视，无辨者。子昂突出，顾左右曰："辇千缗市之！"众惊问，答曰："余善此乐。"皆曰："可得闻乎？"曰："明日可集宣阳里。"如期偕往，则酒肴毕具，置胡琴于前。食毕，捧琴语曰："蜀人陈子昂，有文百轴，驰走京毂，碌碌尘土，不为人知！此乐贱工之役，岂宜留心！"举而碎之，以文轴遍赠会者，一日之内，声华溢都下。

【评】唐人重才，虽一艺一能，相与惊传赞叹，故子昂借胡琴之价，出奇以市名，而名果成矣。若今日，不唯文轴无用处，虽求一听胡琴者亦不可得，伤哉！

【译文】

陈子昂刚到京城的时候，别人还不知道他。有一个卖胡琴的人，要价一百万，那些富豪们争相传看，却不知是不是值得。陈子昂走上前来，对随从说："用车拉一千贯钱来买！"大家都惊奇，问是为什么，陈子昂回答说："我善于演奏这种乐器。"大家都说："可以让我们听听吗？"

他回答说："请明天到宜阳里来。"第二天大家都来了，发现酒食已经摆好，胡琴也在席前。吃完之后，陈子昂捧起胡琴，说："四川陈子昂，有文一百篇，千里迢迢来到京城，默默无闻，不被人赏识。这把胡琴只不过是一般乐工制作的，哪值得花时间心力去钻研！"说完摔碎胡琴，把文章赠送给每一个到会的人，一日之内，陈子昂的名声就传遍了京城。

【评】唐代人重视才能，即使是一种小技艺，大家也会惊奇赞叹。所以陈子昂借助胡琴的高价，出奇计来提高名声，果然因此成名。若是发生在现在，不要说文章没有人看，就是想去听演奏胡琴的人，恐怕也没有了。真是可悲啊！

鲍叔牙

【原文】

公子纠走鲁，公子小白奔莒。既而国杀无知，未有君。公子纠与公子小白皆归，俱至，争先入。管仲扞弓射公子小白，中钩。鲍叔御，公子小白僵。管仲以为小白死，告公子纠曰："安之。公子小白已死矣！"鲍叔因疾驱先入，故公子小白得以为君。鲍叔之智，应射而令公子僵也，其智若镞矢也！

【评】王守仁以疏救戴铣，廷杖，谪龙场驿。守仁微服疾驱，过江，作《吊屈原文》见志，寻为投江绝命词，佯若已死者。词传至京师，时逆瑾怒犹未息，拟遣客间道往杀之，闻已死，乃止。智与鲍叔同。

【译文】

春秋时，齐国的公子纠逃到鲁国，他弟弟公子小白则逃到莒国。不久齐国国内杀死了公孙无知，还没有立新君主。为争取王位，公子纠和公子小白都启程回国，同时到达城下，双方都争着先入城。这时，管仲挽弓搭箭向公子小白射去，没有射中公子小白，却射中了衣带上的佩钩。鲍叔牙赶着马车，让公子小白装成被射中的样子而倒下来。管仲以为公子小白已死，就对公子纠说："慢慢走吧，公子小白已经死了。"鲍叔牙驾着车子乘机飞快进到城里，因此公子小白当上了齐国国君。鲍叔牙的智慧，就在于管仲射箭的同时，让公子小白假装中箭倒下，他的智谋真如飞箭一样敏捷。

【评】王守仁因为上书营救戴铣，受到当廷杖责、贬为龙场驿丞的处分。王守仁改穿平民服装急速行进，过江时，先作悼念屈原的文章以表明志向，接着又作投江自杀的绝命词，就像真的死了。绝命词传到京城，时值刘瑾怒气未消，打算派刺客抄近路去追杀王守仁，听说他已经死了，就作罢了。王守仁与鲍叔牙的智谋是一样的。

管夷吾

【原文】

齐桓公因鲍叔之荐，使人请管仲于鲁。施伯曰：“是固将用之也！夷吾用于齐，则鲁危矣！不如杀而以尸授之！”鲁君欲杀仲。使人曰：“寡君欲亲以为戮，如得尸，犹未得也！”乃束缚而槛之，使役人载而送之齐。管子恐鲁之追而杀之也，欲速至齐，因谓役人曰：“我为汝唱，汝为我和。”其所唱适宜走，役人不倦，而取道甚速。

【评】吕不韦曰：“役人得其所欲，管子亦得其所欲。”陈明卿曰：“使桓公亦得其所欲。”

【译文】

齐桓公由于鲍叔牙的推荐，派人去鲁国请管仲回来。鲁国大夫施伯说："齐国肯定要重用他了。管仲被齐国重用，那么鲁国就危险。不如杀了他，把尸体送给齐国。"鲁国国君要杀管仲，齐桓公的使者说："我们齐国国君想亲手杀死他，如果只得到一具尸体，那和没得到一样。"于是鲁国国君命人把管仲绑起来，装在囚车里让人赶着车送到齐国去。管仲担心鲁国还会派人追来杀他，想快点赶到齐国，于是对赶车的人说："我给你唱歌，你来和。"他所唱的歌适宜赶路，赶车人不觉疲倦，所以走起来很快，很快就到达齐国了。

【评】吕不韦说："赶车的人得到益处，忘了赶车的辛劳；管仲的愿望也达到了。"陈明卿说："让齐桓公也获得了他想得到的。"

沈　括

【原文】

沈括知延州时，种谔次五原，值大雪，粮饷不继。殿值刘归仁率众南奔，士卒三万人皆溃入塞，居民怖骇。括出东郊饯河东归师，得奔者数千，问曰："副都总管遣汝归其粮，主者为何人？"曰："在后。"即谕令各归屯。未旬日，溃卒尽还。括出按兵，归仁至。括曰："汝归取粮，何以不持兵符？"因斩以徇。

【评】 括在镇，悉以别赐钱为酒，命廛市良家子驰射角胜。有轶群之能者，自起酌酒劳之。边人欢激，执弓傅矢，皆恐不得进。越岁，得彻札超乘者千余，皆补中军义从，威声雄他府。真有用之才也！

【译文】

北宋沈括任延州知府时，北方种谔逼近五原，正值天下大雪的时候，粮饷不够了。禁军头领刘归仁率众往南行进，将士三万人都逃到关内，居民见状非常恐慌。沈括出城到东郊设宴，准备款待东归的军队，见到行进的几千士卒，就问道："副都总管派你们来取粮食，是哪个带领你们来的？"回答说："带队军官在后面。"沈括当即下令让他们各自回军营。没到十天，跑出来的三万士兵全部回营去了。沈括带兵来巡按，刘归仁终于来了，沈括说："你回来取粮，为什么不持兵符作证？"于是斩了刘归仁示众。

【评】沈括在任时，把朝廷赏赐的钱全部用来买酒，让民间百姓家的子弟比赛骑马射箭。有技能出众的，亲自起身斟酒慰劳他。边境的百姓非常激奋，积极练习射箭，唯恐武艺不长进。过了一年，训练出一千多名勇猛的射手，都增补为中军志愿兵，从此该州威武的声名远远超过其他州府。沈括真是有用的人才啊！

太史慈

【原文】

太史慈在郡，会郡与州有隙，曲直未分，以先闻者为善。时州章已去，郡守恐后之，求可使者，慈以选行。晨夜取道到洛阳，诣公车门，则州吏才至，方求通。慈问曰："君欲通章耶？"吏曰："然。""章安在？题署得无误耶？"因假章看，便裂败之。吏大呼持慈，慈与语曰："君不以相与，吾亦无因得败，祸福等耳，吾不独受罪，岂若默然俱去？"因与遁还，郡章竟得直。

【译文】

太史慈在郡中时，正逢郡和州之间有矛盾，朝廷对是非曲直没法分辨，哪个先上告哪个就对。当时州里的奏章已送出，郡里官员怕落后，寻求得力的人做使者，太史慈被选派去了。太史慈日夜兼程赶到洛阳，赶到朝廷主管文书奏章的官署门前，这时州里派来的官吏也刚到，正在求人通报。太史慈问："您是要进去呈递奏章吗？"那官吏说："是的。""奏章在哪？题款不会有错吧？"乘机把奏章借过来看，并把它撕坏了。州吏大叫着抓住太史慈，太史慈对他说："你不把奏章给我看，我也没法把它撕掉，是祸是福我们共同承担，我不会独自受罪，还不如咱俩都悄无声息地离开这里。"于是一起逃回。郡守的奏章最终得到朝廷认可。

孙　权

【原文】

濡须之战，孙权与曹操相持月余。权尝乘大船来观公军。公军弓弩乱发，箭著船旁，船偏重。权乃令回船，更一面以受箭，箭均船平。

【译文】

濡须之战，孙权与曹操对峙有一个多月。孙权曾乘大船来窥伺曹军，曹军弓箭乱发，许多箭射中船的一侧，致使船往一边偏斜。孙权下令让船转过去，以另一面受箭，船的两侧中箭均匀，船也就平衡了。

韩 琦

【原文】

英宗即位数日，挂服柩前，哀未发而疾暴作，大呼，左右皆走，大臣骇愕痴立，莫知所措。琦投杖，直趋至前，抱入帘，以授内人，曰："须用心照管。"仍戒当时见者曰："今日事唯众人见，外人未有知者。"复就位哭，处之若无事然。

【译文】

宋英宗即位后几天，穿着孝服站在先皇灵柩前，还没哭就突然发病，大声呼叫。侍奉他的人都跑掉了，大臣们惊呆了，站在那里不知所措。韩琦丢掉手杖，快步走到英宗面前，把他抱到帘子里，交代里面的人说："要用心照管。"还告诫当时看见的人说："今天的事只有我们看见，外面无人知晓。"于是回到灵前守灵，像没有发生什么事情一样。

尹见心

【原文】

尹见心为知县。县近河，河中有一树，从水中生，有年矣，屡屡坏人舟。见心命去之。民曰："根在水中甚固，不得去。"见心遣能入水者一人，往量其长短若干。为一杉木大桶，较木稍长，空其两头，从树杪穿下，打入水中。因以巨瓢尽涸其水，使人入而锯之，木遂断。

【译文】

尹见心当知县时，县城附近的一条河中有一棵树，从水里生长出来，已有很多年了，经常撞坏行船。尹见心命令砍掉这棵树，老百姓说："树根长在水底，非常牢固，去不掉。"尹见心就派一个会潜水的人，下到水底丈量树的大小长短。然后制作了一个大的杉木桶，比那棵树稍微长一点，两头都是空的，从树梢穿下去，一直插入水中。接着用大瓢将里面的水舀干，再派人进入大桶里将树锯断，大树于是被除掉了。

修龙船腹

【原文】

宋初，两浙献龙船，长二十余丈，上为宫室层楼，设御榻，以备游幸。岁久腹败，欲修治而水中不可施工。熙宁中，宦官黄怀信献计，于金明池北凿大澳，可容龙船，其下置柱，以大木梁其上。乃决汴水入澳，引船当梁上，即车入澳中水。完补讫，复以水浮船，撤去梁柱。以大屋蒙之，遂为藏船之室，永无暴露之患。

【评】苏郡葑门外有灭渡桥。相传水势湍急，工屡不就。有人献策，度地于田中，筑基建之，既成，浚为河道，水由桥下，而塞其故处，人

遂通行，故曰“灭渡”。此桥巨丽坚久，至今伟观。或云鲁般现身也。事与修船相似。

【译文】

北宋初年，两浙献上一只龙船，长二十多丈，上面建有宫室层楼，设有御榻，以备皇帝乘船出游之用。因年代久了，船腹朽坏，官府想修理，但船停在水里，无法施工。熙宁年间，宦官黄怀信想出一个办法，在金明池的北边挖一个可停泊龙船的水湾，在水湾的下面打上柱桩，再在柱桩上架上木梁。然后把汴河水引入水湾，再把龙船拽到水中木梁上，再用水车把水湾的水车干就可以进行修补了。等修好后，再用水把船浮起来，然后撤掉木梁。他又让人在水湾上面修造一座大房子，遮蔽龙船。这样，整个水湾就成为藏船的仓房，再也没有暴露在外受风吹雨打的担忧了。

【评】苏州葑门外有一座灭渡桥。相传修建此桥时，由于水流湍急，工程老是不能竣工。有人献了这样一条计策：考察附近的田地，从中选择一块，在里面修筑桥基，建成桥梁，等工程完工后，把桥下的土挖掉，修成新的河道，让河水改道经过桥下，然后再把旧河道填上。从此人们就可在桥上往来。因此，人们称之为“灭渡桥”。这座桥巨大壮丽，经久耐用，至今仍十分壮观。有人说，这是鲁班现身修建的。这件事与上面说的修船的事十分相似。

东方朔

【原文】

武帝尝以隐语召东方朔。时上林献枣，帝以杖击未央前殿，曰："叱叱！先生束束！"朔至曰："上林献枣四十九枚乎？朔见上以杖击槛，两木为林，上林也；束束，枣也；叱叱，四十九也。"

【译文】

汉武帝曾用一条谜语召见东方朔。当时上林苑向皇上进献枣子，武帝拿着木杖击打未央宫前殿，说："叱叱！先生束束！"东方朔来了后说："是上林苑进献四十九颗枣子吗？我见陛下用木杖击打门槛，两木相撞为'林'字，也就是指上林苑；束束，两字重叠即是'枣'字；叱叱即七七，也就是四十九。"

子 犯

【原文】

城濮之役，晋文公梦与楚子搏，楚子伏己而盬其脑，是以惧。子犯曰："吉！我得天，楚伏其罪，我且柔之矣！"

【译文】

城濮之战时，晋文公做梦与楚王搏斗，楚王伏在自己身上咀嚼他的脑浆，晋文公因此感到害怕。子犯说："这是个好兆头。我们将会得到天助，楚王将会伏罪。我们将以柔克刚，取得胜利。"

舌生毛

【原文】

马亮知江陵府，任满当代，梦舌上生毛。僧占曰："舌上生毛，剃不得，当在任。"果然。

【译文】

北宋时，马亮担任江陵知府，任期已满，应由别人接替。他梦见舌头上长了毛。有个和尚占卜说："舌头上长毛，是不能剃（替）的，您一定会继续留任。"后来果然如此。

鲁仲连

【原文】

秦围赵邯郸，诸侯莫敢先救。魏王使客将军辛垣衍间入邯郸，欲与赵尊秦为帝。鲁仲连适在赵，闻之，见平原君胜。胜为介绍，而见之于辛垣衍。鲁连见辛垣衍而无言。辛垣衍曰："吾视居此围城之中者，皆有求于平原君者也。今观先生之玉貌，非有求于平原君者，曷为久居此围城之中而不去也？"鲁连曰："秦弃礼义、上首功之国也。权使其士，虏使其民。彼肆然而为帝，则连有赴东海而死耳，不忍为之民也！所为见将军者，欲以助赵也。"辛垣衍曰："助之奈何？"鲁连曰："吾将使梁及燕助之，齐、楚固助之矣。"辛垣衍曰："燕吾不知，若梁，则吾乃梁人也。先生恶能使梁助之耶？"鲁连曰："梁未睹秦称帝之害故也。使睹秦称帝之害，则必助赵矣。"辛垣衍曰："秦称帝之害奈何？"鲁连曰："昔齐威王尝为仁义矣，率天下诸侯而朝周。周贫且微，诸侯莫朝，而齐独朝之。居岁余，周烈王崩，诸侯皆到，齐后往，周怒，赴于齐曰：'天崩地坼，天子下席，东藩之臣田婴齐后至，则斩

之！’威王勃然怒曰：‘叱嗟！而母婢也！’卒为天下笑。故生则朝周，死则叱之，诚不忍其求也。彼天子固然，其无足怪。”辛垣衍曰：“先生独未见夫仆乎？十人而从一人者，宁力不胜、智不若耶？畏之也。”鲁连曰：“梁之比于秦若仆耶？”辛垣衍曰：“然。”鲁连曰：“然则吾将使秦王烹醢梁王！”辛垣衍怏然不悦，曰：“嘻！亦太甚矣！先生又恶能使秦王烹醢梁王？”鲁连曰：“固也。待吾言之。昔者鬼侯、鄂侯、文王，纣之三公也。鬼侯有子而好，故入之于纣。纣以为恶，醢鬼侯。鄂侯争之急，辩之疾，并脯鄂侯。文王闻而叹息，拘于羑里之库百日，而欲令之死。曷为与人俱称帝王，卒就脯醢之地也？齐湣王将之鲁，夷维子执策而从，谓鲁人曰：‘子将何以待吾君？’鲁人曰：‘吾将以十太牢待子之君。’夷维子曰：‘吾君，天子也。天子巡狩，诸侯避舍，纳管键，摄衽抱几，视膳于堂下，天子已食，退而听朝也！’鲁人投其钥，不果纳。将之薛，假途于邹。当是时，邹君死，湣王欲入吊。夷维子谓邹之孤曰：‘天子吊，主人必将倍殡柩，设北面于南方，然后天子南面吊也。’邹之群臣曰：‘必若此，吾将伏剑而死！’故不敢入于邹。邹、鲁之臣，生则不能事养，死则不得饭含，然且欲行天子之礼于邹、鲁之臣，不果纳。今秦万乘之国，梁亦万乘之国，交有称王之名，睹其一战而胜，欲从而帝之，是使三晋之大臣，未如邹、鲁之仆妾也！且秦无已而帝，则且变易诸侯之大臣，彼将夺其所谓不肖，而予其所谓贤，夺其所憎，而予其所爱；彼又将使其子女谗妾为诸侯妃姬，处梁之宫，梁王安得晏然而已乎？而将军又何以得故宠乎？”于是辛垣衍起，再拜谢曰：“吾乃今知先生为天下之士也！吾请去，不敢复言帝秦矣！”秦将闻之，为却军五十里。

【评】苏轼曰：“仲连辩过仪、秦，气凌髡、衍，排难解纷，功成而逃，实战国一人而已。”穆文熙曰：“仲连挫帝秦之说，而秦将为之却军，此《淮南》之所谓‘庙战’也。”

【译文】

秦军包围了赵国的邯郸，诸侯谁也不敢先派兵去救。魏王派客将军辛垣衍从小路进入邯郸，想要和赵国共同尊秦为帝，借以解邯郸之围。鲁仲连这时正好在赵国，听说这件事后，就去见平原君赵胜。赵胜就介绍他去见辛垣衍。鲁仲连乍见辛垣衍之后，一句话也不说。辛垣衍说：“我看住在这座被围城中的人都是对平原君有所求助的，但看先生这堂堂的相貌，又决不会对平原君有所求。那么你为什么老是住在这被围之城中而不肯离开呢？”鲁仲连说：“秦国是一个不讲礼义而崇尚杀敌立功的国家。用诡诈的办法使用他的将士，像对待奴隶那样对待自己的人民。如果秦王敢称帝，那么我只有到东海去自杀，绝对无法忍受做秦国的臣民！我来见将军的原因，就是想要帮助赵国。”辛垣衍说：“怎么帮助赵国呢？”鲁仲连说：“我要让魏国和燕国都来帮助赵国，而齐国以及楚国原来就是帮助赵国的。”辛垣衍说：“燕国的情况我不知道，至于魏国嘛，我本来就是魏国人，先生怎么能让魏国来帮助赵国呢？”鲁仲连说：“那是因为魏国还没有认识到秦国称帝的害处。如果让他看到，魏王一定会来救赵国。”辛垣衍又说：“秦国称帝有什么害处呢？”鲁仲连说：“从前齐威王曾行过仁义之事，就是率领天下诸侯去朝见周天子。当时周天子贫穷而卑微，诸侯都不去朝拜，只有齐国前去朝拜。一年之后，周烈王死了，诸侯都去吊唁，而齐国稍微去晚了一点，继任的周天子就发怒，派使者到齐国宣告：‘天崩地陷，天子都已驾崩，而东边的大臣田婴齐（指齐威王）却后来，真是该砍头！’威王勃然大怒说：‘混

账！你这个婢女养的！'结果整个事件成了一个笑话。周天子活着的时候去朝见他，死了之后反而辱骂他，这也是因为实在无法忍受他的苛刻要求。但天子本来就是这样，这也没有什么奇怪的。"辛垣衍说："先生难道没有见过那些奴仆吗？十几个奴仆听从一个主人的指挥，难道是力量和智慧不如他吗？只是畏惧他罢了。"鲁仲连说："魏国和秦国相比，也像是奴仆吗？"辛垣衍说："是这样。"鲁仲连说："那么我就要让秦王把魏王煮死剁成肉酱！"辛垣衍很不高兴地说："这样说话也太过分了吧！先生又怎么能让秦王把魏王煮死剁成肉酱呢？"鲁仲连回答："我一定能，请你听我说。从前鬼侯、鄂侯、文王三人是纣王的三公。鬼侯有个女儿长得很漂亮，就把她送给纣王，纣王却说她长得丑，把鬼侯剁成肉酱。鄂侯赶忙出来为他辩护，纣王又把鄂侯杀死做成肉干。文王听说之后，只是感叹一声，就被纣王关在羑里的监狱里过了一百天，还想把他弄死。这不正是拥护人为帝王，结果却落得被人剁成肉酱、做成肉干的下场吗？齐湣王准备去鲁国的时候，夷维子拿着马鞭护驾，他对鲁国人说：'你们打算用什么礼节接待我们的君主？'鲁国人说：'我们准备用十头牛款待你们的国君。'夷维子说：'我们的国君本是天子，天子外出巡视打猎，诸侯都应该让出自己的房屋，交出钥匙，还要系上衣带端着盘子，在堂下侍候天子吃饭，待天子吃完饭之后，才能够回去处理公务。’鲁人一听，就紧闭城门，不肯接待他。后来又准备要去薛国，途中要经过邹国，当时邹国的国君正好去世，湣王想要进去吊唁，夷维子对邹国的嗣君说：‘天子来吊唁的时候，主人要把灵柩从北面抬到南面，让他面朝北面，然后天子面朝南面进行吊唁。’邹国的大臣们都说：‘如果一定要这样的话，我们宁可伏剑自杀！’结果齐国的君臣不敢进入邹国。邹国和鲁国的大臣们在他们的国君活着的时候，没有能力侍奉他；他死了之后，也没有能力提供祭品，但是，别人要想在他面前行天子之礼，他们是不会答应的。现在秦国不过是个有万乘战车的国家，而魏国也是一个有万乘战车的国家，大家都有称王的资格。看他打了一次胜仗就想顺从他，让他称帝，这不是让三晋的大臣还不如邹国和鲁国的臣仆有骨气吗？而且秦国称帝后也不会万事皆休，他一定还要调换诸侯的大臣，把那些他认为不听话的人换成自己的亲信，把他所厌恶的人换成他所喜欢的人。他还要把他的女儿和擅长告密的女子送给诸侯做嫔妃，住在魏国的后宫里，魏王还能安安稳稳地过日子吗？而将军您又凭什么继续得到宠幸呢？”听完这话，辛垣衍忙站起来，向鲁仲连拜了两拜，道歉说：“我今天才知道先生的确是天下的高士。请让我回去，再不敢提尊秦国为帝的事了。”秦将听说这件事后，把军队后撤了五十里。

【评】苏轼说：“鲁仲连的辩才超过张仪、苏秦，气度不亚于淳于髡、邹衍。为别人排除危险，大功告成后又自行离去，这在战国时期是独一无二的。”穆文熙说：“鲁仲连挫败了尊秦为帝的主张，秦将也因此而退兵。这就是《淮南子》中所说的‘庙战’。”

陈轸

【原文】

陈轸去楚之秦。张仪谓秦王曰："陈轸为王臣，常以国情输楚。仪不能与从事，愿王逐之，即复之楚，愿王杀之！"王曰："轸安敢之楚也！"王召陈轸告之曰："吾能听子，子欲何之，请为子约车。"对曰："臣愿之楚。"王曰："仪以子为之楚，吾又自知子之楚，子非楚且安之也？"轸曰："臣出，必故之楚，以顺王与仪之策，而明臣之楚与否也。楚人有两妻者，人誂其长者，长者詈之，誂其少者，少者许之。居无几何，有两妻者死。客谓誂者曰：'汝取长者乎，少者乎？''取长者。'客曰：'长者詈汝，少者和汝，汝何为取长者？'曰：'居彼人之所，则欲其许我也。今为我妻，则欲其为詈人也。'今楚王明主也，而昭阳贤相也，轸为人臣，而常以国情输楚，楚王必不留臣，昭阳将不与臣从事矣。以此明臣之楚与不！"轸出，张仪入，问王曰："陈轸果安之？"王曰："夫轸，天下之辩士也，熟视寡人曰：'轸必之楚。'寡人遂无奈何也。寡人因问曰：'子必之楚也，则仪之言果信也。'轸曰：'非独仪之言，行道之人皆知之。昔者子胥忠其君，天下皆欲以为臣；孝己爱其亲，天下皆欲以为子。故卖仆妾不出里巷而取者，良仆妾也；出妇嫁于乡里者，善妇也。臣不忠于王，楚何以轸为忠？忠且见弃，轸不之楚而何之乎？'”王以为然，遂善待之。

【译文】

陈轸离开楚国来到秦国。张仪对秦王说："陈轸作为大王的臣下，却常把国家机密透露给楚国，我不能和他一起共事，请大王把他驱逐出境。如果他再要去楚国，就把他给杀掉。"秦王说："陈轸怎么敢去楚国呢？"于是秦王召来陈轸，对他说："我听凭您的选择，您愿意到哪儿去，我给您准备车马。"陈轸说："我愿意去楚国。"秦王说："张仪认为您要去楚国，我也知道您要去楚国，您除了楚国以外还能去什么地方呢？"陈轸说："我要是出去，一定故意去楚国，以便符合大王和张仪的推测，同时也可以表明我是否真的向楚国报告了秦国的隐情。有个楚国人有两个妻子，有人勾引那个年长

的，结果被痛骂了一顿；又去勾引那个年幼的，结果竟然勾引上了。过了不久，那两个妻子的丈夫死了。有人就问那个先前勾引她们的人说：‘你准备娶年长的，还是娶年幼的？’他说：‘娶年长的。’人家又问他：‘年长的曾经痛骂过你，而年幼的曾经和你相好，你为什么要娶年长的呢？’他回答说：‘当她是别人的妻子时，我想她跟我好；做了我的妻子之后，我则希望她为我痛骂勾引她的男人。’现在楚王是一个贤明的君主，昭阳也是一个贤良的相国，我作为别国的臣子，如果常把自己国家的机密透露给楚国，楚王就一定不会留我，昭阳也不会和我来往了。我要以此来表明我是否输送情报给楚国。”陈轸走后，张仪又进来问秦王说：“陈轸要到哪里去？”秦王说：“陈轸的确是天下雄辩之士，他紧紧盯着我说：‘我一定要去楚国。’我也无可奈何，就反问他说：‘你一定要去楚国，那就应了张仪所说的话。’陈轸说：‘不仅张仪这样说，大家都知道我要去楚国。从前伍子胥是个忠臣，天下各国都想让他做自己的臣子；孝己非常孝敬父母，天下人都希望他是自己的儿子。所以，如果奴婢被出卖时，不出里巷就被人买去的话，那一定是好奴婢；被人休掉的妇女如果能够再嫁到本乡的话，一定是个好女子。我如果对大王不忠诚的话，楚国怎么会把我当作忠臣呢？我一片忠心反被抛弃，那我不去楚国能到哪里去呢？’”秦王认为陈轸说得很有道理，就再也不去猜疑他了。

王　维

【原文】

弘治时，有希进用者上章，谓山西紫碧山产有石胆，可以益寿。遣中官经年采取，不获，民咸告病。按察使王维令采小石子类此者一升，以示中官。中官怒，曰：“此搪塞耳！其物载诸书中，何以谓无？”公曰：“凤凰、麒麟，皆古书所载，今果有乎？”

【译文】

弘治年间，有个企望得到重用的人上奏章，说山西紫碧山出产石胆，可以益寿延年。于是朝廷派遣宦官去开采，一年多都没采到，当地百姓都以此为苦。按察使王维令人采了一升类似石胆的小石子给宦官看，宦官愤怒地说：“这简直是搪塞！石胆在书中都有记载，怎能讲没有？”王维说：“凤凰、麒麟，都是古书上记载的，现在世上真的有吗？”

简　雍

【原文】

先主时天旱，禁私酿。吏于人家索得酿具，欲论罚。简雍与先主游，见男女行道，谓先主曰："彼欲行淫，何以不缚？"先主曰："何以知之？"对曰："彼有其具！"先主大笑而止。

【译文】

蜀先主刘备在位时，有一次发生旱灾，于是下令禁止私人酿酒。官吏只要在老百姓家搜查到酿酒工具，就要进行处罚。简雍和先主一起出游，看见男女一起走路，就对先主说："他们要通奸，为什么不把他们抓起来啊？"先主说："你怎么知道？"简雍回答说："他们有通奸的器具啊！"先主不觉大笑，于是下令不再处罚有酿酒工具的人。

邵康节

【原文】

司马公一日见康节曰："明日僧颙修开堂说法，富公、吕晦叔欲偕往听之。晦叔贪佛，已不可劝。富公果往，于理未便。某后进，不敢言，先生曷止之？"康节唯唯。明日康节往见富公，曰："闻上欲用裴晋公礼起公。"公笑曰："先生谓某衰病能起否？"康节曰："固也，或人言'上命公，公不起；僧开堂，公即出'，无乃不可乎？"公惊曰："某未之思也！"

【译文】

司马光有一天对邵雍说："明天颙修和尚要开堂说法，富弼、吕公著要一起去听讲。吕公著迷信佛法，已无法劝阻；富弼要是真的去了，恐怕不太合宜。我作为晚辈也不好阻拦，先生何不去劝劝他呢？"邵雍答应了。第二天，邵雍去见富弼说："听说皇上要用请裴度的礼节来请您还朝。"富弼笑着说："先生你看我身体这样衰弱，还能起用得了？"邵雍说："那倒也是。不过别人说皇上请您，您不能起来；和尚开堂说法，您倒是可以出去，这恐怕不太合适吧？"富弼惊恐地说："我没有考虑到这一点啊！"

岳　飞

【原文】

杨幺为寇。岳飞所部皆西北人，不习水战。飞曰："兵何常，顾用之何如耳！"先遣使招谕之。贼党黄佐曰："岳节使号令如山，若与之敌，万无生理，不如往降，必善遇我。"遂降。飞单骑按其部，拊佐背曰："子知逆顺者，果能立功，封侯岂足道！欲复遣子至湖中，视其可乘者擒之，可劝者招之，如何？"佐感泣，誓以死报。时张浚以都督军事至潭，参政席益与浚语，疑飞玩寇，欲以闻。浚曰："岳侯，忠孝人也。兵有深机，何可易言？"益惭而止。黄佐袭周伦砦，

杀伦，擒其统制陈贵等。会召浚还防秋，飞袖小图示浚。浚欲待来年议之，飞曰："王四厢以土帅攻水寇，则难；飞以水寇攻水寇，则易。水战，我短彼长，以所短攻所长，所以难；若因敌将用敌兵，夺其手足之助，离其腹心之托，使孤立，而后以王师乘之，八日之内，当俘诸酋。"浚许之。

飞遂如鼎州。黄佐招杨钦来降，飞喜曰："杨钦骁悍，既降，贼腹心溃矣！"表授钦武义大夫，礼遇甚厚，乃复遣归湖中。两日，钦说全琮、刘锐等降。飞诡骂曰："贼不尽降，何来也？"杖之，复令入湖。是夜掩敌营，降其众数万。幺负固不服，方浮舟湖中，以轮激水，其行如飞；旁置撞竿，官舟迎之，辄碎。飞伐君山木为巨筏，塞诸港汊。又以腐木乱草，浮上流而下。择水浅处，遣善骂者挑之，且行且骂。贼怒来追，则草壅积，舟轮碍不行。飞亟遣兵击之，贼奔港中，为筏所拒。官军乘筏，张牛革以蔽矢石，举巨木撞其舟，尽坏。幺投水中，牛皋擒斩。飞入贼垒，余酋惊曰："何神也！"俱降。飞亲行诸砦慰抚之，纵老弱归籍，少壮为军，果八日而贼平。浚叹曰："岳侯神算也！"

【译文】

杨幺造反之后，岳飞前去征讨，但是他的部下都是西北人，不习惯

于水上打仗。岳飞说:“军队打仗并没有什么常规,只是看怎样指挥他们。”于是先派使者去招抚。贼人首领黄佐说:“岳节使号令如山,和他打仗,肯定失败。不如前去投降,他一定会厚待我们。”于是向岳飞投降。岳飞单身一骑前来安抚黄佐的部队,并拍着黄佐肩膀说:“你是个明白事理的人,只要你能为国立功,将来一定能封侯。我想再派你到洞庭湖去,对于其他的叛乱首领,该抓的就抓,可以劝降的就劝降,你看怎么样?”黄佐非常感激岳飞的信任,发誓要以死相报。当时张浚总督江淮军事,来到了潭州,参政席益和张浚谈话时,怀疑岳飞轻敌而不出力,想禀报朝廷。张浚说:“岳侯是个忠孝的人,用兵有很深的智谋,我们怎么能随便说话呢?”席益很惭愧,就不再提这件事了。黄佐偷袭周伦的营寨,把周伦杀了,又活捉了统制陈贵等人。正好张浚奉命回朝商议秋季防务事宜,岳飞从衣袖中拿出一张小地图给张浚看。张浚想等来年再作商议,岳飞说:“王四厢用正规军进攻水寇,可能不容易取胜,我要是用水寇进攻水寇就很容易了。水战本是我们的短处,却是敌人的长处,用我们的短处去进攻敌人的长处,当然很难取胜。如果利用敌人的将领指挥敌人的士兵,就可以让他们内部瓦解,使他们各自孤立。然后再出动大军进攻，八天之内就可以把敌人首领全部俘获。”张浚同意了他的计划。

于是，岳飞来到了鼎州。黄佐已经说服杨钦来投降，岳飞大喜，说：“杨钦武艺高强，他既然已降顺，贼寇的核心力量就崩溃了！”岳飞上表朝廷，奏请授予杨钦为武义大夫，礼遇十分优越。然后派他们再回到洞庭湖。两天后，杨钦又劝说全琮和刘锐等人来投降。岳飞故意责骂他们说：“贼寇还没有全部投降，你们回来干什么？”命令用军棍责打，然后又让他们回到湖中。当晚偷袭敌军大营，几万名敌军全部投降了。杨幺仍然依仗着坚固的水寨，不肯投降，他们造了一种大船，用轮子划水，在水中行走如飞。船四周又设了撞竿，官军的船一撞就破成碎片。岳飞从君山伐木扎成巨筏，堵塞了各个港汊，又用腐木乱草从上游放下。然后派人在水浅的地方挑战，并且边战边骂。杨幺的部队愤怒来追，船轮全被乱草堵塞住了，船只无法动弹。岳飞乘机带兵冲杀，杨幺的船只被迫退入港中，又被巨筏堵住去路。官兵乘着筏子，把牛皮张开遮挡箭和石块，又用巨木撞击贼船，杨幺的船只全被撞沉。杨幺跳入水中，被牛皋捉住杀掉了。岳飞攻进敌军水寨，其他的敌军首领还以为是神从天降，只好全部投降了。岳飞亲自到各寨中安抚，让那些年老体弱的回归本乡，年轻力壮的则编入队伍，果然八天就平息了叛乱。张浚感叹地说：“岳侯用兵真是神机妙算啊！”

陆　逊

【原文】

嘉禾三年，孙权北征，使陆逊与诸葛瑾攻襄阳。逊遣亲人韩扁赍表奉报，还遇敌于沔中，钞逻得扁。瑾闻之甚惧，书与逊云："大驾已旋，贼得韩扁，具知我阔狭，且水干，宜当急去！"逊未答，方催人种葑豆，与诸将弈棋射戏如常。瑾曰："伯言多智略，其当有以。"自来见逊。逊曰："贼知大驾已旋，无所复鹱，得专力于吾。又已守要害之处，兵将已动，且当自定以安之，施设变术，然后出耳。今便示退，贼当谓吾怖，仍来相蹙，必败之势！"乃密与瑾立计，令瑾督舟船，逊悉上兵马，以向襄阳城。敌素惮逊，遽还赴城。瑾便引舟出，逊徐整部伍，张拓声势，走趋船。敌不敢干，全军而退。

【译文】

嘉禾三年，孙权出兵北伐，派陆逊和诸葛瑾攻打襄阳。陆逊派亲信韩扁送信回报孙权，韩扁回来时，在沔水和敌军相遇，被敌人的巡逻兵捉去了。诸葛瑾听到这个消息以后，非常害怕，写信给陆逊说："主公已班师，敌军抓到韩扁，一定了解了我军底细。而且水势渐落，应当赶快撤退！”陆逊没答复，仍然叫人栽种葑豆，并和平常一样，跟将领们下棋、射箭。诸葛瑾说：“伯言这个人很有智谋，一定有他的打算。”于是亲自来见陆逊。陆逊说：“敌军知道主公已经回去，就没有什么担心的了，一定会集中兵力对付我们。而且现在他们已经守住了要害之处，我们只能以静待动，设法拖延，然后再乘机撤退。如果现在就撤退，敌军一定认为我们害怕了，必然紧追不放，那我们必败无疑。”于是和诸葛瑾秘密约定，让诸葛瑾调集船只，他自己则带领人马进攻襄阳城。敌人向来害怕陆逊，只好赶忙回去守城。诸葛瑾乘机带领船只来接应，陆逊一面整顿队伍，一面虚张声势，登船撤退。敌军不敢来追，东吴军队安然撤还。

周亚夫 二条

【原文】

吴、楚反，景帝拜周亚夫太尉击之。既发，至霸上。赵涉遮说之曰："吴王怀辑死士久矣。此知将军且行，必置人于淆、渑阨陿之间。且兵事尚神密，将军何不从此右去，走蓝田，出武关，抵洛阳，间不过差一二日，直入武库，击鸣鼓。诸侯闻之，以为将军从天而下也。"太尉如其计，至洛阳，使搜淆、渑间，果得伏兵。

太尉会兵荥阳，坚壁不出。吴方攻梁急，梁请救。太尉守便宜，欲以梁委吴，不肯往。梁王上书自言。帝使使诏救梁。太尉亦不奉诏，而使轻骑兵绝吴、楚后。吴兵求战不得，饿而走。太尉出精兵击破之。

【评】吴王之初发也，其大将田禄伯曰："兵屯聚而西，无他奇道，难以立功。臣愿得五万人，别循江、淮而上，收淮南、长沙，入武关，与大王会，此亦一奇也。"吴太子谏曰："王以反为名，若借人兵，亦且反王。"于是吴王不许。少将桓将军说王曰："吴多步兵，利险；汉多车骑，利平地。愿大王所过城不下，直去疾西，据洛

阳武库，食敖仓粟，阻山河之险，以令诸侯。虽无入关，天下固已定矣！大王徐行，留下城邑，汉军车骑至，驰入梁、楚之郊，事败矣！”吴老将皆言：“此少年推锋可耳，安知大虑！”吴王于是亦不许。假令二计得行，亚夫未遽得志也。亚夫之功，涉与吴王分半。而后世第功亚夫，竟无理田、桓二将军之言者，悲夫！

李牧、周亚夫，皆不万全不战者，故一战而功成。赵括以轻战而败，夫差以累战而败。君知不可战而不禁之，子玉之败是也；将知不可战而迫使之，杨无敌之败是也。

【译文】

汉初，吴国和楚国谋反，汉景帝派太尉周亚夫带兵前去讨伐。部队前进到霸上的时候，赵涉拦住周亚夫说：“吴王长期以来收养了很多敢死的壮士。这次听说将军前来征讨，一定会派人埋伏在淆山、渑池之间的险要地带。而且行军讲究神秘，将军何不从右边走，经蓝田出武关。这样到洛阳的路程也不过差一两天。然后直入武库发动军队。待诸侯听到后，一定会以为将军是从天而降。”周亚夫听从了他的话，取道洛阳，并且派兵到淆、渑之间搜索，果然发现有伏兵。

周亚夫把军队调集到荥阳后，紧闭营门，坚持不出战。吴军猛烈进攻梁国，梁国不断前来求救。周亚夫坚守住有利的地形，打算让吴军攻下梁国，不发兵前往救助。梁王上书给汉景帝，景帝派使者来命令周亚夫救梁。周亚夫也不听命，只是派轻简骑兵断绝吴、楚军队的退路。吴军求战不得，又没有给养，只好退兵。这时周亚夫派精锐部队乘机袭击，大破吴、楚军队。

【评】吴王刚开始叛乱的时候，他的大将田禄伯说：“大王向西进攻，没有什么奇妙的战略，很难取得较大的胜利。我愿意带五万人，沿长江和淮河而上，攻克淮南、长沙，进入武关之后和大王会合，这也是一条奇计。”吴王太子劝谏说：“大王现在举兵谋反，如果将军队交给别人，别人也会反叛大王。”于是吴王没有同意田禄伯的建议。桓将军曾对吴王说：“吴国步兵多，利于在险要地形作战；朝廷战车骑兵多，利于在平地作战。大王最好不要攻占所经过的城池，应急速向西进军，占据洛阳武库，就可

以夺取敖仓的粮草，依据险要地势，然后传令诸侯。这样虽然没有入关，但天下已经被控制住了。如果大王缓慢进军，逐个地去攻占城池，那朝廷的战车骑兵一到，驰入梁国和楚国的郊野，那就一切都完了！”吴军的老将们都说：“这只是年少气盛，轻举妄动，哪里懂什么深谋远虑！”于是吴王也没有听从。如果吴王听从了这两个人的计策，周亚夫恐怕不会轻易得志了。周亚夫的功劳，赵涉和吴王应该分到一半。后世人把一切都归功于周亚夫，而忘记了田禄伯和桓将军的计谋，真是可悲啊！

李牧、周亚夫都是计算周密的将军，所以一次战役就取得了成功。赵括因轻敌而失败，夫差则是因为经常打仗而失败。君主明知打不赢的仗却要打，这是楚将子玉失败的原因；大将明知不能打的仗却被迫去打，则是杨业失败的原因。

邓　艾

【原文】

邓艾与郭淮合兵以拒姜维。维退，淮因西击羌。艾曰："贼去未远，或能复还。宜分诸军以备不虞。"于是留艾屯白水北。三日，维遣廖化自水南向艾结营。艾谓诸将曰："维今卒还，吾军少，法当来渡，而不作桥，此维使化持吾，令吾不得动；维必自东袭取洮城矣！"洮城在水北，去艾屯六十里。艾即夜潜军，径到洮城。维果来渡，而艾先至据城，得以不破。

【译文】

邓艾和郭淮两军联合，来抵挡姜维。姜维退军，郭淮于是向西进攻羌人。邓艾说："敌军走得不远，随时都可能回来，应该留下一部分军队以备不测。"于是，留下邓艾的军队，在白水北边驻守。三天后，姜维派廖化在白水南边扎营与邓艾相对。邓艾对将领们说："姜维的部队仓促回来，看见我们人少，理应渡河来和我们交战。但现在他们并不架桥，姜维只是让廖化和我们对峙，让我们无法调动。姜维一定要亲自从东边进攻洮城。"洮城在白水北面，离邓艾的大营六十里。邓艾当夜派军队悄悄来到洮城，姜维果然渡河来进攻，然而邓艾已到洮城据守，结果姜维没能攻下。

杨锐

【原文】

杨锐守备九江、安庆诸郡。既获江贼，监司喜，公曰："江贼何足忧，所虞者豫章耳！"意指宸濠也。又谓九江为鄱阳上流，不可恃。湖最要害，当以九江中左所一旅，置戍于湖口县之高岭，可以远望，有警即可达。乃绘图呈南部及各台。又请造战舰若干艘，习水战于江上。城中治兵食，多浚井。闻宁濠变作，先引军设钩距于江侧，禁勿泄。比寇至，船二百余艘抵岸，为钩距所破。寇攻城后败去。濠泊船南岸，闻不克，大怒，率众分攻五门，各首举木为蔽，甚急。公裂帛布覆纸裹火药千数，散投所蔽木上，火发，尽弃走，火光周匝不绝，寇无

所遁。寇复于北濠结木为栈，与城接，挟兵而进。城中大惊，公曰："事急矣！"乃诡以"大将军"火铳实石被绯，金鼓迎置城上。寇兵望见，惊惧未进。潜使一卒从间道出，烧栈绝。寇众解结，且溽暑，力惫，夜鼾睡去。公募善泅者数人，于船中闻鼾声即斩首，绝其缆，放之中流。又遣一二强卒，突入岸上营，举火炮，城上应之，乘胜捕杀，声震数里。濠浩叹出涕，举帆顺风而返。

【译文】

杨锐驻防九江、安庆等地。一次他捕获了一些江贼，监司很高兴，杨锐说："江贼有什么值得忧虑的，所担心的应该是豫章啊！"他的意思是指宁王朱宸濠。他又认为九江地处鄱阳湖上游，地形不足依靠，鄱阳湖才是最要害的地方，应当在九江的左边屯驻一支军队，在湖口

县的高岭上设置驻军，以便眺望远方，有敌情即可传递。于是，他绘制了地图送给南京兵部及各衙署。他又请求制造若干艘战船，在江上练习水战。又在城里修造兵器，贮备军粮，疏挖了许多水井。他听到朱宸濠反叛后，就首先带领士兵在江畔设置了许多带钩的器具，并严禁泄露此事。等到叛军来到时，二百多艘船一靠上岸，即被早已设置的器具刺坏。叛军攻战失利，遂败退而逃。朱宸濠的船停在南岸，听说城没攻下，十分愤怒，就亲自率领众军分头攻打五处城门。他们的先头部队都举着木板作掩护，形势很危急。杨锐急令部下撕开棉布撒上火药，再包上纸，做成一千多个火药团，分散投射到叛军所举的木板上，引燃了大火，他们不得不丢掉木板逃跑，可大火围城烧成一圈，叛军无路可逃。叛军又在北面的濠沟上架木为栈道，已经架上城墙，逼令士兵攻城。城内的军民非常惊慌，杨锐说："情况很危急了！"于是他就诈称用久负盛名的"大将军"火炮攻敌。他令人把炮管装满火石，披上红布，打着锣鼓把炮迎放在城头上。叛军见到此炮，惊吓得不敢前进。杨锐就趁机派人从小道悄悄出城，把栈道烧掉。叛军撤围后，因天气湿热，加上疲惫不堪，夜里睡得很沉。杨锐就招募几个善于游泳的人，潜入敌船，听到鼾声就下刀斩杀，然后砍断缆绳，把敌船放到江中心。又派遣一二名强悍的士兵，混入岸上敌营，点燃火炮，城上的士兵随之响应，出城杀敌，乘胜追杀，喊杀声传至数里以外。朱宸濠长叹流涕，只好升起船帆，顺风返回。

用　间 二条

【原文】

东魏将段琛据宜阳，遣其扬州刺史牛道恒煽诱边民。韦孝宽患之，乃遣谍人访获道恒书迹，令善学书者习之。因伪作道恒与孝宽书，论归款意，又为落烬烧迹，若灯下书者，还令谍人送琛。琛得书，果疑道恒，不用其谋，遂相继被擒。

【评】 齐相斛律明月多智用事。孝宽令参军曲岩作谣曰："百升飞上天，明月照长安。""百升"，斛也。又言："高山不摧自崩，槲树不扶自竖。"令谍人广传于邺下。时祖孝徵正与明月隙，既闻，复润色奏之，明月竟坐诛。孝宽真熟于用间者！

岳飞知刘豫结粘罕，而兀术恶刘豫，可以间而动。会军中得兀术谍者，飞阳责之曰："汝非吾军中人张斌耶？吾向遣汝至齐，约诱致四太子，汝往不复来。吾继遣人问齐，已许我今冬以会合寇江为名，致四太子于清河。汝所持书竟不至，何背我耶！"谍冀缓死，即诡服。乃作蜡书，言与刘豫同谋诛兀术事，因谓谍曰："吾

今贷汝，复遣至齐，问举兵期。”刲股纳书，戒勿泄。谍归，以书示兀术。兀术大惊，驰白其主，遂废豫。

【译文】

东魏的将领段琛驻守宜阳，派遣扬州刺史牛道恒煽动诱惑住在边界的百姓。韦孝宽为此而担心，于是就派间谍查访，获得了牛道恒的书写手迹，让擅长学人字体的人练习。便伪造道恒笔迹给孝宽写信，谈论归顺之意。信上还故意弄上灯捻烧后落下来的烧痕，好像是在灯下写成的样子，命令间谍把它送给段琛。段琛得到信，果然怀疑牛道恒，不用他的计谋。于是这两个人相继被俘虏。

【评】北齐的宰相斛律明月很有智谋，掌握大权。韦孝宽让手下的参军曲岩编歌谣道：“百升飞上天，明月照长安。”百升指的是斛。又道：“高山不摧自崩，槲树不扶自竖。”令间谍在邺下广为传播。当时祖孝徵正与明月有矛盾，听到之后又加以润色，上奏朝廷。斛律明月竟被齐后主诛杀。韦孝宽真是精熟于离间之计的人。

岳飞知道刘豫交结完颜粘罕，而金兀术却讨厌刘豫，可以使用离间计。正好军队中俘获了金兀术的间谍，岳飞假装责备他说："你不就是我军中的士兵张斌吗？以前我派你到齐，约定把四太子诱来，你去了就没回来。我后来又派人去齐国问讯，已经答应我今年冬天以合兵袭扰长江两岸为名，把四太子引到清河来。你拿了信却不前往，为什么要背叛我呢！"那间谍希望不立刻被杀，就假装承认了。岳飞于是写信用蜡封好，写的是与刘豫合谋杀金兀术的事。于是对那个间谍说："我这次饶了你，再派你去齐国，问问举兵的日期。"割开那个间谍的大腿把密信放进去，告诫他不要泄露此事。间谍回去，把信给金兀术看。兀术大吃一惊，飞马去禀告金主，于是就废了刘豫。

宇文泰

【原文】

高欢督诸军伐魏，遣司徒高昂趣上洛，窦泰趣潼关。欢军蒲阪，造三浮桥欲渡河。宇文泰军广阳，谓诸将曰："贼犄吾三面作浮桥，以示必渡。此欲缀吾军，使窦泰西入耳。欢自起兵以来，窦泰常为前锋，其下多锐卒，屡胜而骄，今袭之必克。克泰，则欢不战自走矣！"诸将皆曰："贼在近，舍而袭远，脱有蹉跎，悔何及也！不如分兵御之。"泰曰："欢再攻潼关，吾军不出坝上。今大举而来，谓吾亦当自守，有轻我之心。乘此袭之，何患不克！贼虽作浮桥，未能径渡。不过五日，吾取窦泰必矣！"乃声

言欲保陇右，而潜军东出。至小关，窦泰猝闻军至，自风陵渡河。宇文泰击破之，士众皆尽，窦泰自杀，传首长安。

【译文】

高欢统帅各路军队进攻西魏，派司徒高昂进军上洛，窦泰进军潼关。高欢的军队驻扎在蒲坂，造了三座浮桥，预备渡河。宇文泰的军队驻守在广阳，他对众将官说："敌军在我军三面架造浮桥，表示一定要渡河。这是为了牵制住我军，让窦泰的军队能够西进罢了。自从高欢起兵以来，窦泰常作先锋，手下多是精兵利卒，打了不少胜仗，因而骄傲得很，现在去袭击他们，就一定能获胜。战胜了窦泰以后，高欢便会不战自退了。"众将领都说："敌人在近处，丢下近处的不管却去袭击远方的敌人，倘若有个差错，后悔也来不及了！不如把军队分成几路抵御眼前的敌人。"宇文泰说："高欢的军队两度进攻潼关，我军都没有离开坝上。如今大举进攻，以为我们还是要就地自守，有轻视我们的想法。我们趁此机会去袭击他们，哪里要担心打不赢呢？敌军虽然架了浮桥，可是不能马上就渡河。不用五天，我们一定会战胜窦泰的军队！"于是就声称要保卫陇右地区，而暗中率领军队向东出击。到了小关，窦泰的军队仓促之间听说大军已到，急忙从风陵过河。宇文泰挥军进攻，东魏军队全军覆灭，窦泰自杀身亡，首级被送往长安城。

项梁　司马师

【原文】

项梁尝杀人，与籍避仇吴中。吴中贤士大夫皆出梁下，每有大繇役及丧，梁常主办，阴以兵法部勒宾客、子弟，以知其能。后果举事，使人收下县，得精兵八千人，部署豪杰为校尉、候、司马。有一人不得官，自言。梁曰："某时某丧，使公主某事，不能办，以故不任公。"众乃皆服。

司马师阴养死士三千，散在人间。诛爽时，一朝而集，竟莫知其所自来。

【译文】

项梁曾杀过人，与项籍一起在吴中地方躲避仇人。吴地的贤士大夫，才智都在项梁之下，当地凡有大的征役和丧葬事宜，常由项梁主持办理。项梁便暗中用兵法指挥训练手下宾客及年轻人，因此得以了解他们每人的能力。后来项梁果然举兵起义，派人去四周各县收集来精兵八千人，并安排豪杰之士担任校尉、军候、司马。有一人没得到官职，他便去问项梁。项梁说："某个时候某个人的丧事让你主持某项事务，你办不好，因此不能任用你。"于是大家对项梁心服。

司马师私下养了忠于自己的三千名敢死队员，都分散在民间。诛杀曹爽的时候，他们用极短时间就聚集起来，竟没人知道他们从何处而来。

宗　泽

【原文】

宗泽以计败却金人，念敌众十倍我，今一战而退，势必复来，使悉其铁骑夜袭吾军，则危矣。乃暮徙其军。金人夜果至，得空营，大惊。自是惮泽不敢犯。

【译文】

宗泽用计退了金兵，考虑到敌人兵力十倍于自己，现在打了一仗就退走了，势必还会再来；假使他们出动全部的骑兵劲旅，夜里来袭击我军，那就很危险了。于是在黄昏时转移了军队。夜间金兵果然来到，得到一所空营，大吃一惊。从此害怕宗泽，不敢再来进犯。

韩世忠

【原文】

世忠与兀术相持于黄天荡，以海舰进泊金山下，预用铁绠贯大钩，授骁健者。明旦，敌舟噪而前。世忠分海舟为两道，出其背，每缒一绠，则拽一舟沉之。兀术穷蹙。

【评】 嘉靖间，倭寇猖獗，吴郡亦有黄天荡之捷。时贼掠民舟，扬帆过荡，官军无敢抗者。乡民愤甚，敛河泥船数十只追之，以泥泼其船头。倭足滑不能立，而舟人皆蹑草履，用长脚钻能及远，倭覆溺者甚众。

【译文】

韩世忠与金兀术在黄天荡相持不下，韩世忠让战舰停泊在金山下面，预先用铁索贯穿上大钩，交给骁勇的战士。第二天早上，金兵舰队呐喊着向宋军扑来。韩世忠指挥战舰分为两路，绕到敌船背后，每垂下一根铁索，就拽沉一条敌船。金兀术受挫，无计可施。

【评】嘉靖年间，倭寇猖獗，吴郡地方也有一次黄天荡大捷。当时倭贼抢劫百姓船只，扬帆驶过黄天荡，官军没人敢于抵抗。乡里百姓十分愤怒，聚集了几十只河泥船去追赶倭寇，用河泥泼在他们的船头，倭寇脚下烂滑没办法站立，而乡民们都穿着草鞋，用长脚钻钩能搏击到远处，倭寇翻船淹死的为数甚多。

柴断险道

【原文】

周瑜使甘宁前据夷陵，曹仁分众围宁，宁困急请救。蒙说瑜分遣三百人，柴断险道，贼走，可得其马。瑜从之。军到夷陵，即日交战，所杀过半。敌夜遁去，行遇柴道，骑皆舍马步走。兵追蹙之，获马三百匹。

【译文】

周瑜派大将甘宁前去据守夷陵，魏将曹仁就分兵围困甘宁，甘宁处境危急，请求救兵。吕蒙建议周瑜派三百人去援救，同时在夷陵的险道上堆积木柴，阻断道路，敌人逃走时，我们就可获得他们的马匹。周瑜听从了他的建议。援军抵达夷陵的当天，双方交战，曹仁的军队死伤过半。晚上，曹军撤退，路上被木柴拦阻，骑兵都弃马步行。追兵在后穷追不舍，缴获了三百匹战马。

范雎策秦

【原文】

范雎说秦王曰："以秦国之大，士卒之勇，以治诸侯，譬走韩卢而搏蹇兔也。而闭关十五年，不敢窥兵于山东者，是穰侯为秦不忠，而大王之计亦有所失也。"王跽曰："愿闻失计！"雎曰："夫穰侯越韩、魏而攻齐，非计也。今王不如远交而近攻，得寸则王之寸也，得尺则王之尺也。今夫韩、魏，中国之处，而天下之枢也。王必亲中国以为天下枢，以威楚、赵，楚、赵必皆附，楚、赵附，齐必惧矣。如是韩、魏因可虏也！"王曰："善！"

【译文】

范雎游说秦王说："凭着秦国的广大，士兵的骁勇，用以对付诸侯，就如同驱赶着好猎狗去追逐跛腿的兔子。然而秦国却紧闭函谷关自守十五年，不敢出兵去崤山以东的地方，这是穰侯治理秦国不尽忠，而大王的计略也有失当的地方。"秦王坐着耸起身来说："希望听一听我失策的地方。"范雎说："穰侯越过韩、魏两国去攻打齐国，这不是个好计策。现在大王不如交结远方的诸侯，攻打邻近的国家，得到一寸土地就成为大王的一寸土地，得到一尺土地就成为大王的一尺土地。现在韩、魏两国，地处中原，是天下的枢纽。大王一定要亲近韩、魏两国而把它们当作夺取天下的枢纽，以此威胁楚、赵两国。楚、赵两国一定都会依附。楚国、赵国依附我们，齐国必定害怕。像这样的话，韩、魏两国一定能够被我们俘获。”秦王说：“好啊！”

赵威后

【原文】

齐王使使者问赵威后，书未发，威后问使者曰："岁亦无恙耶？民亦无恙耶？王亦无恙耶？"使者不悦，曰："臣奉使使威后，今不问王而先问岁问民，岂先贱而后尊贵者乎？"威后曰："不然。苟无岁，何有民？苟无民，何有君？有舍本而问末者耶？"乃进而问之曰："齐有处士钟离子，无恙耶？是其为人也，有粮者亦食，无粮者亦食；有衣者亦衣，无衣者亦衣，是助王养其民者也，何以至今不业也？叶阳子无恙乎？是其为人，哀鳏寡，恤孤独，振困穷，补不足，是助王息其民者也，何以至今不业也？北宫之女婴儿子无恙耶？撤其环瑱，至老不嫁，以养父母，是皆率民而出于孝情者也，胡为至今不朝也？此二士不业、一女不朝，何以王齐国、子万民乎？於陵子仲尚存乎？是其为人也，上不臣于王，下不治其家，中不索交诸侯，此率民而出于无用者，何为至今不杀乎？”

【译文】

齐王派使者问候赵威后，信还没有拆开，赵威后问使者道：“田地的收成如何？老百姓没有什么祸难吧？大王也没什么忧患吧？”使者不高兴地说：“我奉命出使到威后这里来，现在不询问齐王而先问年成与百姓，难道把卑贱的放在前面而把尊贵的放在后面？”威后说：“不是你说的那样。假如没有收成，怎么能有百姓？假如没有百姓，怎么能有国君？有丢开根本而去问末节的吗？”赵威后进一步问道：“齐国有个处士钟离子，生活还好吧？这个人的为人是：有粮食的会给他们食物吃，没粮食的也给他们食物吃；有衣服的给他们衣服穿，没衣服的也供给他们衣服穿。这是帮助国君抚养他的人民，为什么至今还不让他成就功业呢？叶阳子还好吧？这个人的为人，同情鳏夫寡妇，顾念孤儿老人，救助贫穷困窘的人，贴补缺衣少食的人。这是帮助国君使老百姓得以生息繁育，为什么至今不让他功成名就呢？北宫氏的女儿婴儿子也还好吧？她取下自己的耳环饰物，终身不出嫁，以供养父母。这是带领老百姓都发扬孝心，为什么至今不使她获得封号朝见君王呢？齐王不重视这二位贤臣和这位贤女，靠什么去做齐国的国君、万民的父母呢？於陵子仲还活着吗？这个人的为人，上不向国君称臣，下不治理自己的家室，中不交结诸侯。这是引导老百姓无所事事的人，为什么至今不杀掉他呢？”

柳氏婢

【原文】

唐仆射柳仲郢镇郪城，有婢失意，于成都鬻之。刺史盖巨源，西川大将，累典支郡，居苦竹溪。女侩以婢导至，巨源赏其技巧。他日巨源窗窥通衢，有鬻绫罗者，召之就宅，于束缣内选择，边幅舒卷，第其厚薄，酬酢可否。时婢侍左，失声而仆，似中风。命扶之去，都无言语，但令还女侩家。翌日而瘳，诘其所苦，青衣曰："某虽贱人，曾为仆射婢，死则死矣，安能事卖绫绢牙郎乎？"蜀都闻之，皆嗟叹。

【评】此婢胸中志气殆不可测，愧杀王濬冲一辈人！

【译文】

唐朝仆射柳仲郢镇守郪城，有个婢女不称心意，就在成都把她卖了。刺史盖巨源，是西川大将，多次主管由节度使管辖的州郡，驻守在苦竹溪。女掮客把婢女带到他家，巨源欣赏这名婢女的技艺。有一天，盖巨源从窗户看见大路上有个卖绫罗绢绸的，唤他来到家里，在一束细绢里仔细挑拣选择，舒卷边幅，比较厚薄，并与卖家讨价还价。当时柳氏婢女侍立在旁边，叫一声便仆地跌倒，好像是中风一样。盖巨源叫人把她扶走，她总是一句话不说，只得让她回到掮客家里去。第二天，这个婢女的病就好了。追问她为什么而痛苦，这个女子说："我虽是个贱人，却曾经做过仆射的婢女，死就死罢了，岂能够侍奉这种俗不可耐的人呢！"成都人听说此事后，都嗟叹不已。

【评】这名婢女胸中的气节颇值得钦佩，王濬冲那种人与她比起来真要羞死了。

袁隗妻

【原文】

袁隗妻，马融女也，字伦，有才辩。家世丰豪，资妆甚盛。初成礼，隗问之曰：“妇奉箕帚而已，何过珍丽乎？”对曰：“慈亲垂爱，不敢逆命。君若慕鲍宣、梁鸿之高者，妾亦请从少君、德曜之事矣。”隗又曰：“弟先兄举，世以为笑，处姊未适，先行可乎？”对曰：“妾姊高行殊貌，未遭良匹，不似鄙薄，苟然而已。”又问曰：“南郡君学穷道奥，文擅词宗，而所在动以贿闻，何也？”对曰：“孔子大圣，蒙毁武叔；子路大贤，见愬伯寮。家君获此，固其宜耳。”隗默然，不能屈。

【译文】

东汉袁隗的妻子是马融的女儿，字伦，口才很好。马家世代富豪，她的嫁妆非常丰盛。婚礼刚完成，袁隗问她："妇人不过操持家务而已，何必装饰得过分珍贵华丽呢？"她回答道："双亲爱怜，我不敢违背他们的心意。您若是仰慕鲍宣和梁鸿的高节，我也请求像少君和德曜那样侍奉您。"袁隗又说道："弟弟在哥哥之前成就了功名，会被世人当作笑柄。姐姐还待字闺中，妹妹难道可以先嫁吗？"她回答道："我的姐姐品行高洁，容貌出众，没有遇上好的配偶，不像我粗俗浅陋，随便嫁人罢了。"袁隗又问道："南郡君（马融）学问精深渊博，文才为一代宗师，而他任官之处动不动就有贿赂的消息，这是怎么回事呢？"她回答道："孔子是个大圣人，却受到武叔的毁谤；子路是大贤人，却受到伯寮的指控。家父蒙受这种名声，本来也是可想而知的。"袁隗无话可说，不能不折服她。

李夫人

【原文】

李夫人病笃，上自临候之，夫人蒙被谢曰："妾久寝病，形貌毁坏，不可以见帝，愿以王及兄弟为托。"上曰："夫人病甚，殆将不起，属托王及兄弟，岂不快哉！"夫人曰："妇人貌不修饰，不见君父。妾不敢以燕婧见帝。"上曰："夫人第一见我，将加赐千金，而予兄弟尊官。"夫人曰："尊官在帝，不在一见。"上复言，必欲见之，夫人遂转向嘘唏而不复言。于是上不悦而起。夫人姊妹让之曰："贵人独不可一见上，属托兄弟耶？何为恨上如此？"夫人曰："夫以色

事人者，色衰而爱弛，爱弛则恩绝。上所以恋恋我者，以平生容貌故。今日我毁坏，必畏恶吐弃我，尚肯复追思闵录其兄弟哉！所以不欲见帝者，乃欲以深托兄弟也。”及夫人卒，上思念不已。

【译文】

李夫人病势沉重，汉武帝亲自去看望她。夫人蒙上被子推辞说：“我久病卧床，身形容貌变了，不能够见皇上了，希望把昌邑王和我的兄弟托付给皇上。”武帝说：“夫人病得很厉害，恐怕再不能起床了。为什么不见这最后一面，托付后事呢？”夫人说：“妇人容貌不加修饰是不能见君王的，我不敢以随便怠惰的样子来见皇上。”武帝说：“夫人只要让我见上一面，我将赐你千两黄金，封给你的兄弟高官贵职。”夫人说：“封给高官在于皇上，不在于见我一面。”武帝又说非见不可，夫人便转过脸去嘘唏哭泣不再说话。于是汉武帝不高兴地起身离去。李夫人的姐妹责备她说：“贵人难道不能见皇上一面，嘱托兄弟吗？为什么让皇上这样生气呢？”夫人说：“凭着色相去侍奉人的，容貌衰退情爱就消减了，情爱消减恩义便会断绝。皇上之所以眷恋我，是因为我先前的容貌。现在，我的容貌已经变坏，他必然会厌恶抛弃我，还能够追念我，怜悯任用我的兄弟吗？我之所以不愿意见皇上，就是为了能长远地把兄弟托付给他啊！”等到李夫人去世后，汉武帝果然还对她思念不已。

苻坚妻

【原文】

坚妻张氏，明辨，有才识。坚将寇晋，群臣切谏不从。张氏进曰："妾闻圣王御天下，莫不因其性而卷之。汤、武灭夏、商，因民欲也。是以有因成，无因败。今朝臣上下，皆言不可，陛下复何所因乎？术士有言：'鸡夜鸣者，不利行师；犬群嗥者，宅室必空。兵动马惊，军败不归。'秋冬以来，每夜犬嗥鸡鸣，又闻厩马惊逸，武库兵器，无故作声。即天道崇远，非妾所知，遽斯人事，未见其可。愿陛下熟思之。"坚曰："军旅之事，岂妇人所知？"遂兴兵。张氏请从。坚败，氏即自杀。

【译文】

苻坚的妻子张氏，明辨事理，有才学见识。苻坚准备进攻东晋，群臣极力劝阻，他都不听从。张氏进言说："臣妾听说圣王驾驭天下，没有不因势而利导的。商汤、周武王消灭夏朝、商朝，是顺应着百姓的愿望的。因此，有所凭借的可以成功，无所凭借的就要失败。现在朝廷大臣们上上下下都说不可以，陛下又凭借着什么呢？术士这样说：'鸡儿在夜里打起鸣来，出兵作战不吉利。狗儿聚在一起嚎叫，屋宅必然空无一人。兵器自己动起来，马匹无故受惊扰，军队失败难回还。’今年秋冬以来，每夜都有鸡叫狗吠，又听到厩栏中马匹受惊狂奔，仓库中的兵器，无故发出声响。即便是天道高远，不是臣妾所能知道的，就从这些人间事端来看，也是不行的。希望陛下仔细考虑。”苻坚说：“打仗的事情，岂是妇道人家所能懂的？”于是就大举出兵。张氏请求随行，苻坚失败后，张氏就立即自杀了。

吕　母

【原文】

王莽时，琅琊海曲有吕母者，子为县吏，犯小罪，宰杀之。吕母怨，思报宰。母家故丰资，乃益酿醇酒，买刀剑衣服。少年来沽者，辄奢与之。衣敝者辄假衣，不问直。数年而财尽，少年欲相与偿之。母泣曰："所为厚诸君，非求利也，徒以县宰枉杀吾子故。诸君肯哀之乎？"少年壮之，皆许诺。遂招合亡命数千，吕母自称将军，引兵攻破海曲，执宰，数其罪。诸吏叩头请宰，母曰："吾子不当死，为宰枉杀。杀人者死，又何请乎？"遂斩宰，以头祭子冢，因以众属刘盆子。

【译文】

王莽在位期间，琅琊郡海曲县有个姓吕的老妇人，儿子在县里做个小官，犯了一点小过失，被县宰杀了。吕母心中愤恨，想报复县宰。她家原本很富有，于是就多酿美酒，购买了刀剑衣服。年轻人来买酒的，总是多给他们。有人衣服破旧，她总是借给他们衣服而不论价值。过了几年家财用尽，年轻人想共同报偿她，吕母流泪说道："之所以厚待各位，并不是为了得到好处，只是为了县宰冤枉杀了我儿子的缘故。各位肯可怜我而为我报仇吗？"年轻人认为吕母的行为很悲壮，都答应了她。于是就召集聚合了几千亡命之徒，吕母自称为将军，带领军队攻破海曲县，捉住了县宰，历数他的罪过。众官吏磕头为县宰求情，吕母说："我的儿子不该死，却被县宰冤杀了。杀人者论罪该死，还求什么情呢？"于是杀了县宰，并把他的脑袋祭奠在她儿子的坟前。之后，她又率领部下投奔刘盆子的起义军去了。

高　欢

【原文】

欢计图尔朱兆，阴收众心。乃诈为兆书，将以六镇人配契胡为部曲，众遂愁怨。又伪为并州符，征兵讨步落稽。发万人，将遣之，而故令孙腾、尉景伪请留五日，如此者再。欢亲送之郊，雪涕执别。于是众皆号哭，声动地。欢乃喻之曰："与尔俱失乡客，义同一家，不意乃尔！今直向西，当死；后军期，又当死；配胡人，又当死。奈何！"众曰："唯有反耳！"欢曰："反是急计，须推一人为主。"众愿奉欢。欢曰："尔等皆乡里，难制，虽百万众，无法终灰灭。今须与前异，不得欺汉儿，不得犯军令，否者，吾不能取笑天下！"众皆顿首："生死唯命！"于是明日遂椎牛享士，攻邺，破之。

【译文】

高欢计划对付尔朱兆，暗地里收买民心。便伪造尔朱兆的书信，要把六个镇的人马配给胡人作部下，于是大家恐惧不满的情绪油然而生。高欢又假造了并州的兵符，征兵讨伐稽胡族人。征调了一万人，将派遣之时，却故意让孙腾、尉景两人出面假装请求再过五天，如此重复了

两次。高欢亲自去郊外送行，和军士们流泪握手告别。于是大家都放声大哭，哀声动地。高欢就对他们说道："我与你们都是背井离乡的人，从道义上说是一家人，没料到会有这种结局。如今径直向西去打仗，是会死的；超过了规定的期限，又该处死；分配给胡人当部下，还是要死。怎么办呢？"大家说："只有造反了！"高欢说："造反是应急之策，必须推举一人作首领。"大家都愿意拥戴高欢。高欢说："你们都是乡里故旧，我不好掌控，即使有百万大军，没有规矩终究会成不了事的。如今必须和以往有所不同，不得欺凌汉人，不准冒犯军令。否则的话，我是不愿意被天下人取笑的。"大家都叩头表示："无论生死，惟命是听。"于是第二天就宰牛犒赏士兵，随即攻破了邺城。

严 嵩

【原文】

伊庶人为王时，以残暴历见纠于台使者，迫则行十万余金于嵩，得小缓。及嵩败家居，则遣军卒十辈造嵩家，胁偿金。嵩置酒款之，而好语曰："所惠金十万，实无之，仅得半耳，而又半费，请以二万金偿。"因尽以上所赐金有印识者予之。既去而闻于郡曰："有江盗劫吾家二万金去矣。速掩之，可获也！"郡发卒追得金，悉捕军卒下狱论死。

【译文】

伊庶人称王的时候，因为残酷暴虐多次被御史弹劾，事急了就向严嵩行贿十万两银子，稍微得以缓解。等严嵩倒台闲居在家时，他就派遣十来个军士到严嵩家，胁迫严嵩偿还那笔银子。严嵩安排酒席款待他们，对他们说好话道："惠赠来的十万两，其实没那么多，只得到半数罢了，其中一半又被花费掉了，请允许我偿还二万两吧。"便全部拿皇上赐给他的有标志印记的银子交给军士们。他们离开之后，严嵩便去报告官府说："有江洋大盗抢了我家二万两银子跑掉了，赶紧去追击他们，还可以捉得到！"官府派人追回银子，把那些军士全部捕获，下狱之后处死。

铁牛道人

【原文】

绍兴间,淮堧有一道人求乞,手持一铁牛,高呼“铁牛道人”。在浮光数月,忽一日入富家典库乞钱。主人问:“铁牛何用?”曰:“能粪瓜子金。”主人欲以资财易之,道人坚不肯。后议只赁一宿,令置密室。来早开视,果粪瓜子金数星。道人至,取铁牛去。主人妄想心炽,寻访道人,欲买此牛,道人不从,百色宛转方允,议以日得金计之,偿以一岁金价。在家数日,粪金如前,未几遂止。视牛尾后有一窍,无他异。忽家中一婢暴疾,召其夫赎去。后有人云:

"道人预买此妇人,密持其金在其家,前后粪金,皆此妇人所为。"急寻之,已遁矣。

【评】若能粪金,尚须乞钱耶?其伪甚明,而竟为贪心所蔽。"利令智昏",信哉!

【译文】

宋高宗绍兴年间,淮河边上有一个道人手里拿着铁牛沿街乞讨,声称自己是"铁牛道人"。他转悠了几个月,一天忽然走进一位富户人家开的当铺里乞讨。当铺主人问他:"你拿的铁牛有什么用?"道人说:"它会拉出瓜子样的金屎。"当铺主人就想把它买下来,可道人坚决不肯卖。后来商定只借给当铺主人一晚,让他把铁牛放置在密室里。第二天早晨开门一看,果然拉出几粒像瓜子粒的金子。道人来后,就把铁牛拿走了。当铺主人就更加渴望买下铁牛,寻找到道人后,提出要买下这头铁牛,可道人不同意,后经过百般恳求才答应出卖。双方商定按铁牛一天拉出的金子计算,当铺主人以相当于铁牛一年拉出的金子的价格买下它。买回来头几天,每天都拉金子,可不久就不拉了。当铺主人查看这头牛,只见尾巴下面有个小孔,其他就没有什么特别的地方了。忽然家中一个奴婢得了暴病,当铺主人把她丈夫叫来,让他把自己老婆赎回去。后来有人说那道人预先买通了这个奴婢,让她暗中拿着金子放进去,前后那几次铁牛拉金子,都是这个婢女做的手脚。当铺主人醒悟后,急忙去找那道人和婢女,但他们早已逃走了。

【评】铁牛若能拉金子,道人还需到处乞讨钱物吗?他作的假是很明显的,然而当铺主人竟然被自己的贪心所蒙蔽。所谓"利令智昏",真是这样啊!

卜者朱生

【原文】

瞽者朱化凡，居吴江，善卜，就卜者如市，家道浸康。一日晡时，忽有青衣二人传主人命，欲延朱子舟中问卜，其主人，贵公子也。朱辞以明晨，青衣不可，曰："主人性卞急，且所占事不得缓。"固请同行，因左右翼而去。步良久，至一舟，似僻地，而人甚夥。坐定，且饮食之，谓朱曰："吾侪探囊者，实非求卜。今宵拟掠一大姓，借汝为魁。"朱大悲，自云："盲人无用。"答曰："无他，但乞安坐堂中，以木拍案，高叫'快取宝来'而已，得财当分惠汝，不然者，斫汝数段，投波中矣！"朱惧而从之，夜半如前翼之而

行。到一家，坐朱堂中。朱如其戒，且拍且叫。群盗罄所藏而去，朱犹拍呼不已。主人妻初疑贼尚在，未敢出，久之，窃视，止一人，而其声颇似习闻者，因前缚，举火照之，乃其夫也。所劫即化凡家物。惊问其故，方知群贼之巧。

【译文】

盲人朱化凡居住在吴江，善于占卜，前来卜卦的人川流不息，家道渐渐殷实。有一天黄昏时分，突然来了两个穿着青衣的人，转达他们主人的意思，想请朱化凡去船上问卦，他们的主人，是一个贵公子。朱化凡推辞说明天早晨再去，青衣人不同意，说："主人性子急躁，并且要占卜的事情也不容延缓。"一定要请他一道走，于是就从两边扶持着朱化凡去了。走了很久，到了一条船上，好像泊在偏僻的地方，而人又很多。坐定之后，又让他吃喝，对他说："我们这帮人是窃贼，并不真的是问卦。今天打算去抢一个大户人家，借你作首领。"朱化凡痛苦极了，自己说道："盲人没有用处。"对方说："没别的事，只求你安坐在大堂上，用木块拍击桌子，高声喊'快拿财宝来'就行了。得了财物，会分给你，不然的话，就把你砍为几段扔到河里去！"朱化凡害怕，就顺从了他们。半夜，像先前那样由人在左右两边夹扶着，来到一户人家，坐在红漆的大堂上。朱化凡按照强盗的要求，一边击桌子一边喊叫。强盗们把这家所藏的钱财尽数劫走了，朱化凡还在又拍又叫。房主的妻子开始以为强盗还在，没有敢出来，过了好久偷偷窥看，只有一人，而他的声音很是耳熟。于是便上前捆住他，举起灯烛一照，却是她丈夫。强盗所抢劫的就是朱化凡的家！大惊之下问起缘由，才知这伙强盗太奸巧了。

窦　公

【原文】

唐崇贤窦公善治生，而力甚困。京城内有隙地一段，与大阉相邻，阉贵欲之，然其地止值五六百千而已。窦公欣然以此奉之，殊不言价。阉既喜甚，乃托故欲往江淮，希三两护戎缄题。阉为致书，凡获三千缗，由是甚济。

东市有隙地一片，洼下停污，乃以廉值市之，俾婢妪将蒸饼盘就彼诱儿童，若抛砖瓦中一指标，得一饼。儿童奔走竞抛，十填六七，乃以好土覆之，起一店停波斯，日获一缗。

【译文】

唐时住在崇贤坊的窦公，善于治理生计，但财力很困乏。他在京城内有一段空地，与一个大宦官府邸相邻。那个大宦官想要买这块地，而地价只值五六百贯钱。窦公欣然把这块地奉送给宦官，一点儿也不谈及价钱。宦官十分高兴，窦公就借故想去江淮地方，希望有两三份关照信函。宦官为他写了关照信，他因此而赚得了三千贯钱，从此便很顺利了。

东市有一片空地，地势低洼，污水聚留，窦公用很便宜的价格买下它，让女佣带着蒸饼盘子去那里引诱儿童，谁若能扔砖瓦块击中竖在那里的标志，就可得到一块蒸饼。儿童们纷纷跑来争着扔石块，洼地被填起了十分之六七。然后再用好土铺垫，在这块地上造起一座客店，专门接待波斯人，每天能赚进一贯钱。

定远弓手

【原文】

濠州定远县一弓手善用矛，有一偷亦精此技，每欲与决生死。一日，弓手因事至村，值偷适在市饮，势不可避，遂曳矛而斗，观者如堵。久之，各未能进。弓手忽谓偷曰："尉至矣，我与尔皆健者，汝敢与我尉前决生死乎？"偷曰："诺。"弓手应声刺之而毙，盖乘其隙也。又有人曾遇强寇，斗方接刃，寇先含水满口，忽噀其面，其人愕然，刃已揕胸。后有一壮士复与寇遇，已先知噀水之事，寇复用之，反为所刺。

【译文】

濠州定远县有个弓箭手善于使用长矛，有一个小偷也精于此技艺，弓箭手屡次想和那小偷比试高下、一决生死。一天，弓箭手因事到一个村子里，正巧小偷在集市上饮酒，两人无法躲避，便拽过矛相互决斗，旁边观战的人围得水泄不通。双方战斗了很久，都没能战胜对方。弓箭手忽然对小偷说："县尉来了，我和你都是勇健的人，你敢和我在县尉面前决一生死吗？"小偷说："行。"话音未落，弓箭手应声便向他刺去，小偷被刺死了，原来弓箭手是趁对方不防备时动了手。又有人曾遇到一个很厉害的强盗，双方刚刚拔出兵刃交手，那强盗事先含了满满一口水，突然把水喷在对方的脸上，那人吃了一惊，而强盗的兵刃已刺进了他的胸膛。后来又有一位壮士又同那强盗相遇，壮士事先已知道强盗用水喷人的伎俩，强盗再次使用这一招时，反而在喷水时被壮士刺中。

制妒妇

【原文】

《艺文类聚》：京邑士人妇大妒，尝以长绳系夫脚，唤便牵绳。士密与巫妪谋，因妇眠，士以绳系羊，缘墙走避。妇觉，牵绳而羊至，大惊，召问巫。巫曰："先人怪娘积恶，故郎君变羊。能悔，可祈请。"妇因抱羊痛哭悔誓。巫乃令七日斋，举家大小悉诣神前祈祝。士徐徐还。妇见，泣曰："多日作羊，不辛苦耶？"士曰："犹忆啖草不美，时作腹痛。"妇愈悲哀。后略复妒，士即伏地作羊鸣，妇惊起，永谢不敢。

【译文】

《艺文类聚》载：京城有个士人的老婆心胸狭窄，疑心病很重。曾经用长绳子拴在丈夫腿上，要唤他来便扯绳子。士人秘密地与巫婆合谋，趁妇人睡觉时，士人把绳子拴到羊身上，翻墙头逃走躲了起来。妇人醒来，一扯绳子来了一只羊，十分惊骇，召巫婆来问。巫婆说："祖宗怪娘子妒恶过分，所以把郎君变成羊。要是能悔过，可向神灵祈求变回来。"妇人便抱着羊痛哭流涕，发誓悔改。巫婆便让她斋戒七天，全家老小都去神像前祈祷。士人慢慢地走了回来，妇人看见丈夫，流着泪问："多日作羊，不辛苦吗？"士人说："还记得草不好吃，肚腹时时疼痛。"妇人更加伤心。以后妇人如果稍有忌妒，士人便伏在地上发出羊的叫声，妇人吓得马上搀起丈夫，表示永远不敢再犯了。